U0045656

佐佐木修

PROFILE

平凡的男主角

有點軟弱但穩重溫柔，受到各種女性青睞。一直喜歡著青梅竹馬絢奈，等待能和她在一起的那天到來。

內田真理

PROFILE

充滿活力的學妹，運動少女

優點是開朗有朝氣，田徑隊備受期待的新人。在跑步時遇到修並喜歡上他，努力不懈地展開追求。

本条伊織

PROFILE

冷靜的學生會長

被稱為冰山美人的學生會長。中意學弟修，三番兩次以學生會的名義硬是把修找去。

我被奪走了一切

CHARACTER

雪代斗和

PROFILE

男主角的好友

修的好友，對絢奈而言也是可靠的男同學。
直到國二為止似乎都在踢足球，
因某種緣由而停止，現在是回家社。

音無絢奈

PROFILE

專情的青梅竹馬

修的青梅竹馬，住在附近的女生。
端莊美麗、性格溫柔，也很受同班同學歡迎。
對修懷有非比尋常的情感……

「斗和同學……哎呀。」
「怎麼了？」
該不會我也沒注意到
嘴巴沾到冰淇淋了吧？
我這麼想著，正打算用手去擦，
卻被絢奈阻止。
「請等一下。」
「好、好喔……」
「沾到冰淇淋了喔，
斗和同學♪」

絢奈直到剛剛都還紅著臉，
表現出與平常不同的樣子。
然而在聽到我說的話以後，
她手腳並用，朝我抱了過來。
「可以喔，斗和同學。
現在就別想太多，
請你想對我幹嘛就幹嘛。」

絢奈說出這番話時的表情非常性感。
那表情確實能勾起男性的情慾，
也著實蘊含了彷彿能溫柔地
無條件包容一切的包容力。

CONTENTS

轉生為睡走情色遊戲女主角的男人，但我絕不會幹這種事

みょん

Vol. 1

Kadokawa Fantastic Novels

彩頁／內文插畫　千種みのり

第1章

《我被奪走了一切》。

大家知道這個遊戲嗎？

或許有人從名字就能察覺到，這是俗稱的情色遊戲，類型被分在「NTR」。

這是以一個平凡男主角為中心所描繪的故事，聚集在男主角周圍的女性一個接一個被其他男人奪走，這樣難以形容的抖M取向劇情。

基本上這種遊戲的女主角通常會是青梅竹馬，或是在學校認識的同年級學生，一般來說只會有一名角色。

然而這個遊戲登場的女性角色，也就是被非男主角的男人攻陷的女性陣容一共有五人。

成員分別是青梅竹馬、學姊、學妹、妹妹、母親，說是涵蓋了各式各樣的目標族群也不為過。

遊戲開頭描繪與女性角色們和睦相處的日常，隨著故事推進，漸漸暗雲籠罩，接著坦蕩蕩地迎接玩家們的就是ＮＴＲ遊戲的標準展開。
美麗的插畫或聲優們的高超演技，原本漂亮的女角們漸漸變成有失體統的模樣，這一連串情節博得了相當高的人氣，當時在社群網站上也蔚為話題。
尤其當女主角音無絢奈被攻下的一幕似乎讓許多玩家非常心痛。
這個名為絢奈的角色，能讓玩家感受到對其他女角所沒有的強烈失落感是有理由的。
「首先絢奈的性愛場景就只有一次」。
從遊戲開始發展到一定的階段，不同於其他女角們逐漸陷入魔掌並在無謂的抵抗下被攻陷，只有絢奈一直陪在男主角身邊。
絢奈在遊戲封面上位於正中間，而且處於ＮＴＲ遊戲當中會最先被奪去的青梅竹馬的立場，然而遊戲中卻絲毫沒有那樣的場面。
難道從最開始絢奈就不是會被睡走的女角嗎？又或者她是ＮＴＲ類型中阻止事件的新的支援角？不管怎麼樣，應該是有一些玩家抱持著這種微小的希望。
雖然說會購買ＮＴＲ類型的情色遊戲，就表示有這方面的喜好，但是絢奈這個角色確實是個性質特異的存在。
然而，當故事來到尾聲，那絲希望卻被徹底粉碎。
前面提過唯一一次的性愛場景，憑著那僅僅一次的場面，就與絢奈一直以來展現出的美麗姿態相差甚遠——也就是她已經完全沉淪了。

而且那個絢奈發生關係的對象，還是對男主角而言比任何朋友都更親近的摯友。

原本關係親密的女性們離開身邊，男主角看見她們那令人不忍卒睹的模樣而大受打擊，絢奈被描繪出的樣子就像是給了他致命一擊，此時遊戲邁向結局。就是這麼一個對男主角來說毫無救贖的故事，而許多玩家就像男主角一樣因為這意想不到的發展而心痛不已。

明明是NTR這種老套的類型，遊戲直到最後的最後卻都沒有美麗的青梅竹馬被攻陷的描寫，萬萬沒想到這樣的女主角竟然在人氣投票中得到第一名，她本身也成為話題，人氣甚至高到有越來越多與情色遊戲完全無關的繪師都畫了音無絢奈。

▽▼

「……呼～～」

於是，在腦中說完了這些自言自語後，我大大地呼出一口氣。

我現在站在通往高中的上學路上，要說我在做什麼，就只是單純在等人。

我暫時用單手滑著手機打發時間，眼角餘光就瞄到一男一女的身影。

「來了啊。」

那兩個人正是我在等的人，他們一注意到靜靜等待的我，就急急忙忙跑了過來。

「讓你久等了，抱歉！」

首先開口的是給人一種纖弱印象的男生，名叫佐佐木修。

而另一個人，站在修旁邊的女生是個非常美麗的少女。

「我們來晚了。對不起，斗和同學。」

剛才說過了，這名少女非常美麗。

帶有光澤的黑長髮沒半點分岔，清爽地隨風搖曳。端正的五官不用說，她那溫柔的眼神更是讓人印象深刻。

隔著衣服也讓人目光自然而然被吸引過去的豐滿弧度，可以看出她有著一副不像一般高中生會有的好身材。

這名少女的名字是音無絢奈，沒錯，就是那個音無絢奈。

（……就是說啊。到底為什麼會變成這樣啊？）

這兩個人的目光投注在我身上，同時我在心中疲累地嘟囔著。

音無絢奈——這和我剛才滔滔不絕描述的情色遊戲女主角的名字完全相同，這點確實讓人嚇一跳，但更驚人的是就連她的容貌也一模一樣。

雖然非常令人難以置信，我竟然經歷了所謂的轉生。

這個情況比起轉生，說是附身可能會更加貼切。不久前當我醒來時，就已經變成這副身體了。

一開始我當然也感到極度混亂，但可怕的是我的混亂立刻平息下來，大腦接受了現狀。

就彷彿這個世界本身的意志在干涉我，要我別煩惱那種事，告訴我沒有必要煩惱，我就這樣作為這個身體的持有者過起日子。

萬幸的是我大抵還保有一些這個身體原本的記憶，也不可思議地知道以往的日常生活是如何度過，因此沒有遇到什麼困擾。

不過我也並非完全記得就是了。我現在依然無法清楚想起自己和站在眼前的這兩個人有多深的交情。

就算如此，我也很確切地明白這個世界就是《我被奪走了一切》的世界，也知道自己是誰、是怎樣的存在。

「我們走吧，斗和同學。」

「……好。」

在絢奈的催促下，我移動腳步。

她剛剛說出口的斗和就是我現在的名字。

（……修與絢奈，還有斗和。）

佐佐木修是這個世界的男主角，而音無絢奈是女主角。

然後我——雪代斗和，身為修的摯友究竟代表著什麼——沒錯，我就是會從修身邊把絢奈睡走的男人。

我忍不住盯著絢奈的臉。

「怎麼了嗎？」

「不，沒什麼。趕快走吧。」

因為被我盯著看，她露出不解的表情，但我說完「趕快走吧」就往前走了。

「……唉。」

為什麼會變成這樣？我嘆了一口氣。

我說神明啊，不管是轉生也好附身也罷，我想這種事應該有更合適的設定才對。

被稱為劍與魔法的世界，也就是所謂的異世界奇幻故事明明才是經典，我卻轉生到NTR類型的情色遊戲世界，而且還身為姦夫，到底對我有什麼期望啊？

「斗和～～？要遲到了喔～～」

「……你是不是真的遇到什麼事啦？」

我又讓走在前面的兩個人擔心了。

暫且不提身為摯友很了解我的修，絢奈不斷悄悄瞄向走得有些慢的我。

真不愧是女主角，不只對修，對我似乎也非常溫柔。

「我沒事。我會跟上的，你們放心吧。」

我這麼說完，修就轉了回去，但絢奈好像還是很在意我的情況。

我真的沒事——我用唇語這麼向她表達後，她才終於點點頭，再次向前走。

「……總之，我已經很清楚這個世界是情色遊戲的世界了。這樣的話，我要做的事情只有一件。」

兩人在我眼前融洽地聊著天，我沒有絲毫想介入他們的打算。

以時序來看，故事開端是在距離現在一年後，也就是說在世界啟動之前，我還有一些緩衝時間。

「我對NTR沒興趣，也沒有被NTR的興趣啦。」

我在前世之所以會買這個遊戲，單純是因為它的話題性。

我絕對沒有喜歡被NTR或NTR別人，倒不如說很討厭，唯有這一點我可以很有自信地先聲明。

「對了，今天放學後要幹嘛？」

「嗯～～我應該沒事。」

「這樣啊。斗和～～！」

上學途中主要是修和絢奈在聊天，如果話題拋向我，我才會加入。

就在這段期間，修似乎突然想上廁所，衝進了附近的便利商店。

「……我看他是要大便吧。」

這也沒什麼好害羞的，畢竟是任何人都會做的事。

只是一旦變成這樣，我們就必須等他一會了。

「感覺應該要等一陣子喔。」

「就是說……啊？」

絢奈的聲音從非常近的地方傳來，我因此嚇了一跳。

不知何時，絢奈來到我旁邊，輕輕握住了我的手。

像情侶一樣的十指交扣讓我心跳加速，不禁忘記自己的立場，被絢奈奪走了視線。

「……呵呵♪」

「唔……」

她露出和修在的時候截然不同，直擊男性內心的美麗微笑。

我完全不知道她在想什麼，但這樣和她互相碰觸使我莫名感到安心。

「好溫暖喔，斗和同學的手。」

絢奈先放開手，然後用兩手包覆住我的手，這麼低聲說道。

「呃……我說絢奈，我去買個飲料。」
「啊……我也要去。」
儘管無法理解，這莫名讓人心癢的氣氛使我難以忍受。我抽回被絢奈握住的手，走進便利商店。
買了飲料放進包包時，修剛好從廁所出來了。
「你買了飲料啊？」
「是啊，下課的時候喝。」
「那我也買一下吧。」
三個人要好地一起買飲料，走出便利商店，再次踏上前往學校的路。
「……剛才那是怎麼回事啊？」
絢奈急遽的變化及突然拉近距離的方式，依然使我感到困惑。
只是現在因為修也在，絢奈走在他旁邊，跟剛剛一樣感情融洽地聊天。
結果，我依舊因為剛才的事而困惑，就這樣前往學校。
我比他們兩人晚進教室。一進教室，我看見修趴在桌上動也不動，絢奈則在引人注目的團體中心聊天。
「早安，雪代同學。」

「嗨。」

我也回應班上同學的問候，坐到自己的座位上。

拿出文具的同時，我回想：與被許多朋友圍繞的絢奈相比，修更多時候是獨自一人。

如果要舉個簡單明瞭的例子，絢奈就是陽光型角色，修則是陰沉型角色。

絢奈長相漂亮，性格溫和且溫柔，理所當然很受歡迎，而與她感情要好的修就讓人看得不太順眼。

（修好幾次因為這樣被找麻煩，絢奈去幫他，還責備對方。）

正因為他們倆是彼此重要的青梅竹馬，絢奈多次幫助修。

絢奈去幫修的同時也懇切地拜託對方停止這種行為，所以直到現在，修並沒有特別受到孤立。

不過，即使是看到絢奈那樣罵人的那些傢伙，也還是會對修可以吃絢奈親手做的便當感到嫉妒……

「唔……」

這時，我突然想起一件事。

（……不對，斗和也有罵過其他人呢。）

在遊戲的回憶場景中，確實有斗和跟絢奈一起處理別人對修找麻煩的事件。

這樣看來，在修眼中，斗和是個人格高尚的人。
他會幫助修，也會陪他商量事情，更重要的是，他還幫忙推進修和絢奈之間的關係。
然而對修來說可靠的摯友，實際上與絢奈有肉體關係，這一點在玩遊戲當時確實讓我很驚訝。
『不是斗和同學就不行♡我才不需要那種猶豫不決又沒出息的青梅竹馬♡』
這是當修目擊絢奈和斗和的行為時，絢奈說出的話。
聽到這句話的修感到絕望，帶著茫然的神情離開，遊戲以他的背影作為結尾。
絢奈是修信任的青梅竹馬，也是他最喜歡的女生，卻對他說不需要他。我不清楚修在那之後怎麼樣了，但肯定不會是什麼好結局吧。
「不過說他猶豫不決倒也沒錯。」
絢奈形容修猶豫不決並沒有說錯。
即使受到很多女性青睞也沒深入思考過這點，只是被周圍牽著鼻子走。至於他為什麼如此受歡迎，雖然令人充滿疑問，但畢竟這就是遊戲設定，吐槽也沒用。
「？」
當我這樣比較現實和遊戲的時候，與絢奈對到眼了。
她因為視線交會而開心地朝我揮手，我感覺自己的嘴角稍微放鬆了，也向她揮手。

不僅是絢奈，連同她周圍的人都朝我揮手。我見狀便將視線移開，然而這似乎並不是絢奈期望的回應。

「斗和同學。」

「絢奈？」

絢奈離開自己的座位，走到我身邊。

「你怎麼了？平常你都會過來這邊，最近卻一次都沒來。我知道人有時候就是會這樣，只是沒想到會持續這麼久。」

「……啊～」

原來如此，看來斗和也是那個團體的一分子。

儘管我說過我能以斗和的身體過日子，但自然也有很多事情是我不記得的。

不同於主角修，遊戲中完全沒提及斗和的交友情況，也沒有類似離開團體的文字敘述，所以我沒注意到。

「我覺得偶爾像這樣安靜地過日子也不錯。絢奈妳不需要在意我喔。」

現在我成了斗和，因此不再用以前斗和的方式行動也沒什麼好奇怪的。

但是絢奈並不知道這件事，所以變得有點難辦。

我希望她比起在意我，不如多花些時間在修身上。我說的話也包含了這層意思，但是絢奈的反應有點奇怪。

「咦？不要在意你是什麼意思……？你為什麼要說這種話？」

「絢、絢奈？」

絢奈說話有些大聲，並且抓住我的肩膀。

她將臉朝我湊近，我們幾乎以最近的距離面對面，周圍的人也投來疑惑的視線。

「我不要……請你不要這樣說。我不可能不在意你啊……！」

「……呃……」

絢奈的表情顯得非常痛苦，幾乎要哭出來了。

我不明白為什麼她會露出這種表情，但既然修也在同一間教室，在這樣的距離下互相凝視會造成誤解，所以我試圖安撫絢奈。

「啊～～抱歉，我只是有點沒心情啦。我喜歡熱鬧，但也捨棄不了安靜。不然妳過來找我吧？」

那樣的話我也可以安靜地度過。我這麼表示以後，絢奈立刻浮現微笑。

「算我拜託你，請別說出『不要在意我』這種像要把人推開的話。我差點就無所適從得要失去理智了。」

「……對不起。」

看到絢奈露出的微笑，我安心地鬆了一口氣，但不知道她對斗和究竟是抱著什麼樣的感情。

故事尚未開始，斗和應該沒對她做過什麼。正因如此，我不太理解她為何這麼拚命，包含早上的事情在內，我也不明白她的想法。

「不過和班上同學互動也很重要，如果你有心情了，也請過來這邊喔。」

「知道了。」

我點點頭，絢奈便滿意地轉身走回去。

說了那種話的我有這種行為很怪，不知為何我忍不住想將手伸向離去的絢奈。

就像這個身體在渴望著絢奈，但我搖搖頭，把視線從絢奈身上移開。

「……總覺得好累啊。」

我這樣嘟囔著，把背完全靠在椅背上。

就在我一個人放鬆下來時，有人把手放到我肩上。

「嘿！真難得耶，你竟然一個人。」

「……相坂啊。」

手放在我肩上開口說話的人是相坂隆志，因為同班，加上座位很近，我們之間算是會聊天的朋友。

相坂最明顯的特徵就是平頭，他身為棒球隊成員，似乎表現得相當好。

不僅如此，他的身體也因為經過許多鍛鍊而肌肉發達，我好像有摸過幾次他的肚子，又好像沒有……真是的，我跟斗和的記憶真是亂七八糟。我再次嘆了口氣。

「……嗯。」

「怎麼了？」

相坂看著我點點頭，模樣引起我的注意。

他用手抵著下巴思考了一會，然後直視我的眼睛，說出這樣的話。

「你果然有點變了吧？雖然我不知道具體是哪裡變了。」

相坂熱愛棒球，但他也有這樣敏銳的部分。

我苦笑著聳聳肩，回答他：

「搞不好我內在已經完全變成另一個人了。」

「啊哈哈！你也會說出這種只存在於漫畫的事情啊！那種事在現實中是不可能的吧？」

我點了頭，對相坂說的話表示認同。

不過，那種在現實中不可能的事情現在正發生在我身上，只是這件事我無法對自己以外的任何人解釋。

如果我告訴別人，瞬間就會被認為是瘋子而完蛋吧。

「……喔，又去找佐佐木了呢，音無同學。」

「嗯？」

相坂將目光從我身上移開，這麼說了。於是我跟著他的視線看過去。

剛剛還在朋友圈子裡的絢奈不知不覺已經在修的身旁關照他了。

修因為剛才趴著睡覺，臉頰留下了明顯的痕跡。絢奈指出後，他看起來有些不好意思。

「怎麼說呢，真搞不懂耶。為什麼音無同學會去關心佐佐木啊？」

「因為他們是青梅竹馬吧。感情好是好事。」

正因為是有多年交情的青梅竹馬，而且只要沒有我這個因素介入，他們肯定會在一起，所以關係絕不會差吧。

「哎，我們這些旁觀者也沒立場多說什麼啦。」

「也是。不過不像佐佐木，你在音無同學身邊就沒人說什麼，所以說人帥真好啊。」

「帥？」

「……你認真的嗎？」

我不禁反問，相坂便用傻眼的視線看向我。

「……啊，是這麼回事啊。」

我意會過來，敲了一下手。

現在我是雪代斗和這個角色，而斗和在我眼中也相當帥。
自從變成這副身體，我從來沒想過這種事，不過看來現在的我算是一個帥哥，似乎可以高興一下。
「……嗯？」
那一幕突然讓我感到在意。
在和相坂談論這些的時候，我一直看著去關心修的絢奈……突然有一瞬間，絢奈的眼神看起來非常冷漠。
那絕不是曾經投向我的眼神。對於絢奈明顯不同的樣子，我疑惑地歪了歪頭。

▼
▽

時間很快過去，到了午休時間。
剛剛還在上課的老師一離開教室，瞬間就是一陣移動桌子的聲響，開始形成午餐小組。
當我也從書包拿出媽媽為我準備的便當時，教室裡響起銀鈴般悅耳的聲音。
「打擾一下，請問佐佐木同學在嗎？」
原本有些喧鬧的教室在那個聲音響起時，瞬間鴉雀無聲。

聲音來源是教室入口處，一個女學生站在那裡環視室內，模樣看起來坦蕩自信。

要說這所學校沒有人不認識她或許有點誇張，但考慮到她的職位，這個說法大致上也沒錯。

不瞞大家說，她是這個學校的學生會會長，本条伊織學姊。

「……啊，看到了。」

本条伊織──全名太長了，就叫她伊織吧──看見了修，便直接朝他走去。當中有一些男生試圖站起來向她搭話，但最後都放棄了。

原因在於伊織身上散發出的冷漠氣場讓他們望而卻步，沒辦法順利向她搭話。

然而這樣的她來到修的面前，表情也稍微放鬆了些。

「你沒有立刻回我訊息是為什麼呢？」

「……呃，因為感覺會變得很麻煩……」

「真敢講耶，修同學。總之你先跟我來，帶上便當喔。」

「我有拒絕的權──」

「沒有。」

「是嗎……」

被告知沒有拒絕權之後，修大大嘆了口氣，站了起來。

修看向我和絢奈，但在這種情況下，他或許已經沒有違抗伊織的意思，乖乖被帶走了。

看著他們離開的背影，我感覺到凝視的視線，於是轉過去。

「……啊～～」

視線的主人是絢奈。

她雙手拿著便當盯著我，而兩旁的朋友則對著她欣慰地咯咯笑著。

我能感受到絢奈眼中透露出「不邀我，我就不吃午飯」的堅定意志，於是向她招手。

剎那間，她露出滿臉笑容朝我跑來。

「有事嗎，斗和同學！」

「不用說也知道吧？」

「你不跟我說，我就不知道，因為我是笨蛋。」

如果每次考試都能在班上名列前茅的絢奈都算是笨蛋，那這個班級包括我在內的大部分學生都會變成大笨蛋啊。

我站起身，借用旁邊空著的座位來為絢奈騰出空間。

「一起吃吧。」

「好♪」

實在是能迷倒異性的絕妙微笑。

（……破壞力太可怕了。）

面對這麼熱情的回答和足以迷倒眾人的笑容，我差點被擊垮。

即使在了解這個世界之後，我發誓不會妨礙兩人發展，但當她對我投以這樣的微笑時，我還是忍不住心跳加速。

「怎麼了？」

「沒什麼，快點吃吧。」

於是，我和絢奈終於開始一起吃午餐。

「那個啊，昨天——」

「哦，那又是——」

我一邊和絢奈聊天一邊吃著便當，但除了眼前的她，我再次思考剛才伊織的事情。

（本条伊織……被睡走的學姊角色。）

是的，伊織也是這個世界的女角之一。

我不知道她是基於什麼緣由、有沒有對修產生好感，但無論如何，那位高冷的美麗學生會會長把修視為對等的朋友。接下來到原作開始之前，她的感情應該會升華為戀愛之情。

然而即使是她，最終也會被睡走，情色遊戲的劇情真是罪孽深重。

（我記得是她上大學後加入以約砲為目的的社團吧。這是常有的情節。）

不小心加入約砲社團並遭受侵犯，在情色遊戲中很常見。
她沒發現是那種社團就加入了，在酒聚時被灌了不少酒，睡著的期間被拍下性愛過程。
這可以算是這個業界的經典開場。
我很想告訴她要保持警戒，或者事先調查一下那個社團的情況，但基本上情色遊戲的女角總是腦袋少根筋，所以這些都沒用。
「？」
當我在腦中整理關於伊織的資訊時，感覺有什麼東西碰到我的腳，於是我抬起頭。
「絢奈？」
「……嘿嘿嘿♪」
絢奈把室內鞋脫掉，用腳輕輕磨蹭我的腳。
我感覺有點癢，更何況在教室裡這樣做相當令人難為情。
其他同學都沒注意到桌下正在進行的事情，就這樣展開了只屬於我和絢奈的世界。
（……為什麼絢奈要這麼……她是在示好嗎？）
絢奈注視著我的眼神有種熱情的感覺……我不確定這樣的眼神是否該稱為熱情，因為我沒有相關經驗，但她一直這樣凝視我並觸碰我的身體，這種眼神肯定有什麼特別的意義。
「……絢奈？」

「是的，怎麼了♪」

叫了她的名字後，她身體前傾稍微靠近我。

由於我們之間隔著兩張桌子，無法再靠得更近。即使如此，這樣的距離是只要我伸出手就能摸到絢奈的臉頰。

「……妳的便當看起來很美味呢。」

「咦？便當嗎？」

凝視彼此的這段時間讓我有點難熬。

當然，被像絢奈這樣的美少女凝視並不討厭，但在教室這種地方就有些顯眼，而且之後可能會讓修感到不愉快，所以我硬著頭皮轉移話題。

「要嚐嚐嗎？」

「可以嗎？」

「當然可以。」

她將便當遞向我，於是我決定享用煎蛋捲。

在遊戲的描述中也有提到絢奈不僅自己做便當，偶爾也會為修做便當。

所以這絕對是絢奈親手做的。

「唔唔……嚼嚼……嗯，真好吃。」

「謝謝♪」

從絢奈那裡得到的煎蛋捲甜度適中，完全符合我的口味。

「如果斗和同學你願意，我也幫你做便當吧？」

「真的假的？」

對高中男生來說，女生親手做的便當就像是一種憧憬。

雖然面臨有點令人心動的誘惑，我還是沒有點頭。

「還是先不要吧。因為我媽每天都開心地做便當，她也說過做便當很有趣。」

儘管有一部分是顧慮修，但這才是最主要的理由。

「……也是呢。雖然有點可惜，想必那個便當的味道是無法超越的。」

「但妳做的便當真的很好吃喔，好吃到如果可以我隨時都想吃。」

這句話毫無虛假。

當我這麼說以後，絢奈想了一會，輕聲說了：

「那麼，請隨時呼喚我吧。為了主人，不管何時我都會到你身邊喔♪」

「……主人？」

主人是什麼啊……

不曉得絢奈有沒有察覺到我傻住的樣子，她微微紅著臉繼續說下去，讓我相當困惑。

「主人就是主人啊。不僅是便當，就算要品嚐我也完全沒問題……呀啊♪」

「…………」

我自認並沒有不成熟到無法理解她所說的意思。

聽到絢奈這番話，我想起她觸碰我身體的示好舉動，好像有了一些頭緒。

（……雖然覺得不可能，不過雪代斗和啊，你該不會已經做了什麼傻事吧？）

我在心中大聲吶喊。

最終，絢奈很快恢復了平常的樣子，而我卻一直在思考關於她的事。

▼▽

就這樣，午休時間結束，下午的第一節課是體育課。

「午飯後馬上上體育課，這也太不合理了吧？」

「就是啊，考慮周全一點好不好……」

在吃過午飯，胃裡還有食物的狀態下，老實說我對下午第一節就上體育課這件事也有些意興闌珊。

但即使如此，也無法對課表提出抱怨，我們只能乖乖上課。

開心。

「不過，至少看起來很輕鬆，還算不錯吧。」

體育課基本上以運動為主，但今天是在室內做運動，所以地點轉移到體育館。

體育館正中央設置了網子，男生和女生分開進行各自想做的球類運動，其他學生都非常

「這不就是獎勵時間嗎！」

「雖然不是翹課，但就跟休息時間一樣啊！」

由於不論哪種球類都沒辦法讓全班成員同時進行，於是自然而然分成了先運動與先休息這兩類學生。

「……絢奈……」

「……你真的是喔……」

在球場上流著汗打排球的同學旁邊，身為休息組的我身旁是修。

修並沒有在看男生運動，而是偷偷看著網子對面的女生們。

（算了，我也不是不能理解他的心情啦。）

修的目標毫無疑問是絢奈，而因為是在遊戲世界，其他女生的水準也都相當高……不，應該說太高了。

她們的可愛和美麗是理所當然，而且在學生當中也有很多身材出眾的人。

毋庸置疑的是在這裡面最閃耀奪目的人，正是修專注凝視的絢奈。

「你那麼在意嗎？」

「斗、斗和……」

我勾住修的肩膀說道。

修對其他同學應該不會有任何回應，但因為對象是我，修毫不猶豫地點了頭。

真是坦率的傢伙。不過我並不會做出規勸他說現在是上課時間這種不知趣的行為……說起來除了修，也有很多男生看著女生的方向表現出興奮的樣子。

「真的，不管怎麼看，絢奈都很美。」

「……嗯。真的。」

修頷首同意我的話之後，再次把目光轉向絢奈。

「……真是的。」

我也像修一樣把視線轉向絢奈。然而當我看到她，就想起剛剛午休時的事情。

無論是她話語的本意還是舉止，目前都仍是謎團，不過如果單純從旁觀者的角度來看，絢奈這個存在完全就是極其美麗又可愛的少女。

絢奈現在和班上同學一起努力打籃球，但她身體一動就會搖晃的大胸部吸引了異性的目光，不僅是修，其他男生也都全神貫注地看著她。

「哇哇……」

修害羞地紅著臉，仍目不轉睛地盯著她。真厲害。

我看著修這樣，狡黠地笑了，並在他耳邊輕聲說：

「不曉得絢奈的罩杯多大喔。」

「呃……嗯！」

「啊哈哈！你未免嚇得太誇張。」

因為突然聽到出乎意料的提問，修錯愕地看著我，這畫面實在太有趣，我不禁笑得肩膀發抖。

畢竟附近沒有女生在，我們彼此也熟，這種事才問得出口……我是不知道斗和跟修有沒有聊過這種話題，但現在這個身體的主人是我，這種程度的玩笑應該是可以的吧。

「那個……斗和你也那樣看待絢奈啊？」

「咦？」

這是在說我不管發生什麼事，都不會對絢奈投以下流的目光嗎？

也許修說的話有這層含意，但我也是個男人。儘管我不會對女生明顯露出下流的目光，心裡面當然也不會沒有絲毫想法。

「我也是個男人啊，肯定會有那種想法吧。」

「這樣啊……也是。這也沒什麼好奇怪的。」

沒錯，一點也不奇怪。

當聽到男生和女生分別發出高亢的聲音時，我與修並肩遙望著絢奈打籃球的身姿。

「絢奈！」

「有！」

絢奈接過隊友傳來的球並投籃，球在空中劃出漂亮的拋物線，完美得分。

隊友們圍繞著絢奈歡欣鼓舞的時候，她看向了我和修。

「啊……」

「對上視線了呢。」

明明可以向她揮手回應，修卻低下頭。可能是因為自己的視線被對方發現而感到害羞。

我輕輕嘆了口氣。

「你至少揮一下手吧。」

「……唔、嗯。」

於是修含蓄地揮了揮手，我也跟著向絢奈揮手。

絢奈的微笑變得更加甜美，跟隊友們說了些話後就朝我們這邊走來。

看來現在正好是換人的時候，絢奈也要和我們一樣休息一下。

「辛苦了，絢奈。妳現在要休息了嗎？」

「是啊。接下來就交給大家了。」

絢奈說著，從網下鑽到這一側，在我和修中間坐了下來。

絢奈來到我們這邊並沒有特別的問題，畢竟體育課快結束了，男女之間自由行動的人也越來越多。

「喂～～佐佐木！你今天還沒上場，來跟我換吧！」

修被人這樣呼喚，大概是意識到完全沒上場也不太妙，於是乖乖回應那道聲音走向球場，不過他依依不捨地回頭看了我們。

「再堅持一下就結束了，加油。」

「對啊，只要稍微運動一下就結束了。」

「……我知道了。」

看著修不情願的樣子，我忍不住苦笑，和絢奈一起目送他的背影。

接下來，在體育課結束之前的短暫時間裡，絢奈一直待在我身邊……我偷偷瞥了她的側臉。

（……這個女生的臉真是漂亮呢。）

不管是早上的事還是關於主人一詞的發言都讓人有些想法，但絢奈具備足夠的魅力，讓人覺得這些想法根本就無關緊要。
也許是運動後的汗水所致，絢奈頭髮黏在肌膚上的樣子看起來莫名迷人，不知道是不是心理作用，甚至有種她身上散發出香氣的感覺。
「怎麼了嗎？」
「……沒事。」
這麼近的距離，就算偷看也會被她發現吧。
我一時不知道該說什麼才好，卻有點失控地直接說出了這句話。
「總覺得流了汗的絢奈很性感……聞起來也很香。」
當我將心中的想法完全表達出來，我……並沒有陷入恐慌，反而出奇地冷靜，連自己都感到驚訝。
絢奈先是露出茫然的表情，然後噗嗤一聲笑得肩膀發抖，用意味深長的眼神看著我。
「要聞聞看嗎？」
絢奈用手撩起長髮露出了頸項，這麼說著。
一般女生應該不會想讓人聞到自己的汗味，所以會感到抗拒，她卻一點也不在意……不對，她的臉蛋有點紅，或許其實是在意的。
「…………」

我完全沒想到她會問我這種問題，此時下課鐘聲響起，拯救了僵住的我。

絢奈又繼續盯著我一會，然後小聲嘀咕「真可惜」後，放下撩起的頭髮。

「怎麼了？」

「不，沒事。」

我這麼回答，努力不讓回來的修察覺到我的動搖。暫時與絢奈分開回到教室，然而……她的每一個動作都讓人心跳加速，我重新意識到她的厲害之處。

（……真的有各種需要思考的事。不過……絢奈實在太性感了。）

我心中浮現絕對不能在她面前說出口的感想。

這完全不是以斗和的身分，而是作為遊戲玩家的純粹感想。看到絢奈，我想任誰都想不到其他話語吧。

雖然作為情色遊戲的女主角，性感是理所當然……但那並不是經由被某人玷汙所呈現的性感，而是她自身醞釀出的性感，兩者不分軒輊。

「……我一個人在胡思亂想什麼啊。」

不過從某種意義來說也沒辦法，畢竟我也是個男孩子。

接下來的上課時間，因為是在體育課之後，我極度想睡，到了幾乎要失去意識的程度。

在極力保持清醒並總算熬過去後，迎來了下課前的導師時間——某種意義上可說終於來臨的事件正在等著我。

「喂，佐佐木那傢伙是不是太囂張啦？」

我聽到了這樣的低語。

第2章

我注意到有人低聲談論修太囂張。

「最近佐佐木那傢伙是不是太囂張了啊？」

「就是說啊，為什麼他和本条學姊那麼熟啊？」

「來把他修理一頓吧？」

他們是外表相對引人注目的三個男生。

他們討論的人是修，而修再次在導師時間一結束就立刻被伊織帶走。

修雖然被不由分說地帶走，但因為對方是伊織，他的表情看起來也並不抗拒。

「……哎，這也是個導火線吧。」

對於伊織有如風暴一般突然出現並帶走修，我單純對她的行動力感到佩服，然而周圍的人似乎不是這樣想的。

「明明這麼不起眼還敢囂張。」

「記得他和可愛的一年級學妹關係也很好吧？」

「來讓他知道自己的斤兩。」

剛才我提到他們是三個顯眼的人，從氣質和外表來看，確實可以被稱為陽光型角色，而且自尊心似乎也很高。

長相算不差，但修和伊織那樣的美女關係更好，他們明顯對此感到嫉妒。

「……唉。」

看著他們，我輕輕嘆了口氣。

無論誰喜歡誰都是個人的自由，旁人沒有插嘴的餘地。他們應該也明白這一點，但由於自尊心高，事情似乎會朝危險的方向發展。

作為修的兒時玩伴兼摯友，我無法對這個狀況保持沉默。

「好啦，別那麼激動嘛。」

「！……是雪代啊。」

我走近他們三人，把手擱在背對著我的男生肩膀上。

男生吃驚地轉過來……記得他是叫染谷吧，他看到我的臉，有些尷尬地避開視線。

可能正因為我與修很熟，染谷才會頓失勢頭。

儘管我並不想利用這一點，不過既然已經付諸行動，就有必要確實把話講清楚。

「不管誰喜歡誰都不關外人的事。如果因為不爽就去干涉或出手，也不會有什麼好結果。你們應該也明白吧？」

染谷他們也能理解這一點才對。

在他們看來不起眼的修和美少女們關係很好，即使對此感到不爽而出手，對他們也不會有任何好處。

因為我們就讀的高中姑且算是升學學校，一旦使用暴力，將會嚴重影響到升學。

「但是啊……」

「就算這樣，為什麼他……」

剛才的危險氛圍平息下來了，但他們對修的嫉妒似乎不會消失。

老實說，一開始我有預想當我去搭話時，他們可能會嫌我煩或出手打我，但是仔細想想，斗和這個存在和絢奈一樣，可說是班上的中心人物。

擁有不論男女都會被吸引的出眾容貌，而試圖保護身為兒時玩伴的修這個行為也博得了班上同學的好感。

這也是遊戲中多少提及的事實，但客觀來看，斗和這個角色表面上真的沒有什麼缺點。

我再次理解了這一點。

「別因為嫉妒而把氣出在別人身上，這樣做對你們沒有任何好處，而且更重要的是，別因為這種無聊的行為降低你們自身的價值。」

「雪代……」
「………」
我想告訴他們，做出貶低或傷害別人的行為也會損害自己的聲譽，所以別這麼做。
正當我覺得只差一步就能讓他們放棄對修找碴……這時，我聽到背後傳來另一個聲音。
「說別人壞話絕不會帶來好結果。雖然我們班只共度了一小段時間，包含我在內，其他同學也都把你們視為重要的班級夥伴。」
說著這樣的話走近的人是絢奈。
絢奈對我露出微笑後，將視線轉向染谷等人。
「修同學……很不擅長待人處事、與人交流，但對我和斗和同學來說，他是從很久以前就和我們在一起的兒時玩伴。當然我們有想要保護他的想法，也不希望大家做出會後悔的選擇。」
絢奈的話語非常有禮貌，也充分考慮了對方的感受，所以染谷等人都專心傾聽。
可能因為不只我開口了，絢奈也溫柔地勸導，此時染谷他們對修抱持的敵意已經完全消失，反而還說著要考慮改變對修的態度。
「這下應該不用擔心了吧？」
「是啊。」

我不知道如果只有我一個人是否能讓他們這麼坦率地接受，得感謝絢奈才行呢。

「我是不太了解詳情，不過本条學姊很關心修同學這件事讓我很高興。因為這表示不僅是我們，還有其他人也看到了修同學的優點。」

絢奈用這樣的話做了總結。

這時絢奈溫柔的微笑似乎具有相當大的破壞力，面對絢奈的染谷等人臉頰一下子變紅，低下了頭。

絢奈也許完全沒有別的意圖，但她的笑容能在瞬間擄獲人心，真是個可怕的女生啊。

「事情感覺也算順利解決了，染谷你們！放學後要不要跟我們一起去唱卡拉ＯＫ？盡情唱一波，心情也會變得舒暢！」

對於絢奈的朋友們的提議，染谷他們點頭表示同意。

氣氛緩和下來，我鬆了口氣。

「……呼～～真是多虧了絢奈啊。」

「哪裡哪裡，畢竟這也絕不是跟我們無關的事……唉～～」

絢奈似乎也疲憊到需要嘆氣的程度。

我真的很高興事情能圓滿解決……同時也深切感受到從各種意義來說擁有主角體質的修很容易樹立敵人。

儘管如此，包括我的行為在內，一旦看到絢奈那樣的行動，我想打算對修找碴的人應該會明顯減少。

（對修來說的快樂結局應該是存在於遊戲結局之後的幸福……關於其他女角，或許也有很多事情要考慮，但現在總之先想修和絢奈的事。）

我到底為什麼會變成斗和呢？我完全不知道原因。

但不管怎麼樣，正因為是玩過的ＮＴＲ遊戲的世界，我才能將劇情導向那個遊戲中未能見到的不存在的快樂結局！

之後，我和絢奈想著修可能會回來而等他，他卻絲毫沒有要回來的跡象。

「他沒回來耶。」

「是啊。還以為他會馬上回來，我太天真了。」

基本上，我們學校的放學時間是下午三點半左右，現在眼看就快要五點了。

「斗和同學。」

「？……唔、絢奈？」

教室裡只剩下我和絢奈，所以非常安靜。

在這種情況下，當她叫我，而我看向她的時候，我一瞬間不太確定眼前的絢奈是否真的是她。

「現在只有我們兩人……對吧？」

「啊、嗯……」

我坐在椅子上，她站在我的正前方，然後以緊貼著我的方式坐上我的大腿。雙腿大開的坐姿不太適合她這種清純形象。

「喂、喂……」

「斗和同學♪」

她更加貼緊我，身體直接感受到的柔軟自然不用說，飄散出的香氣也非常好聞。我對突如其來的狀況目瞪口呆，什麼話也說不出來，只能靜靜接受絢奈給我的觸感。

「好久沒這樣了。啊～是斗和同學的味道～」

「…………」

怎麼回事……？

和絢奈這樣待在一起，就有種腦袋一片空白的感覺強烈襲來。是因為深刻感受到平常在絢奈身上看不到的濃烈性感嗎？

「……絢奈？」

「呵呵♪」

她妖艷地笑著，將臉埋在我的脖子，就這樣開始用舌頭舔舐。

而且她的腰還輕輕擺動，更讓我往奇怪的方向想……不過或許這樣就能確定了。

我在早上和中午產生的異樣感背後的原因，恐怕是斗和跟絢奈在故事還沒開始的現在就已經有某種關係了。

「……絢奈。」

「斗和同學。」

當我們互相凝視，一切都變得無所謂了。

而且我眼前的女孩迷人得不可理喻，或許是因為心智被身體牽著走，讓我忍不住想順勢而為。

正當絢奈的臉慢慢靠近我的時候，鐘聲響起，把我拉回了現實。

「啊……」

聽到五點的報時鐘聲，我把手放在絢奈的肩上讓她起身，和她分開。

絢奈露出惋惜的表情，但對我來說，如果繼續下去不知道會發生什麼事，所以覺得自己被鐘聲拯救了。

（……怪了。那種情況明明一定會感到困惑，卻只是一瞬間。我說斗和，你到底幹了什麼事？）

就算問自己的內心，當然也不會得到任何回應。

結果我們又等了一會，但修還是沒有回來，所以我和絢奈決定先回家。

出了校門，走在回家的路上，我瞥了絢奈一眼，她看起來和往常一樣。

「……嘖。」

我忍不住以絢奈不會察覺的方式咂嘴。

我身為斗和，活在此時此刻，卻不清楚過去發生了什麼事。沒想到這會讓我感到如此焦躁。

這個身體殘留著的斗和的生活方式，當中的記憶模稜兩可。如果真的存在將我引導來到這個世界的神明，我真想質問祂到底在追求什麼。

「……？」

正想著這些的時候，我口袋裡的手機開始震動。

我拿出來一看，發現是媽媽傳訊息來，說是冰箱裡的東西快吃完了，希望我能買一些食材回去。

「怎麼了？」

「啊，是我媽傳來的。」

我給絢奈看我媽傳來的訊息。

這樣一來，我就得和絢奈分開，前往商店街的方向。不過，反正從一開始我就沒有打算拒絕媽媽的請求，所以立刻出發吧。

「那我就去買東西嘍。」

「啊，好。」

向絢奈道別後，我邁開步伐，她卻緊緊貼在我身邊。

我納悶地看著她。「你未免太見外了吧。」結果她苦笑著說。

「去買東西的話務必讓我幫忙。我應該比你更熟悉商店街，而且現在這個時間，我知道有些店的肉和蔬菜可能會比較便宜。」

「這、這樣啊……」

這樣的話，有絢奈在似乎在各方面都會更方便。

我腦中閃過不久前絢奈的模樣，稍微猶豫是否要和她待在一起，但我終究是點了頭……應該說被迫點了頭。

「我來幫忙吧。不如說，請你讓我幫忙……其實這只是藉口，我是想再多和你在一起。這樣……不行嗎？」

「……麻煩妳了。」

聽到可愛的女生對自己說出這種話，絕對拒絕不了。

我和絢奈一起前往商店街，在那裡看到的景象讓我認識到她家庭感的一面，發自內心慶幸她有一起來。

「這塊肉看起來很新鮮。接下來我們去看看那邊的魚吧？還有，等一下正好是高麗菜和白菜特價時間，我們可以去看看——」

絢奈似乎非常熟悉這條商店街。

她在我眼前陸續把食材放進購物籃。我覺得她很厲害並注視著她。

「……？怎麼了？」

「沒有……該怎麼說呢？感覺妳有非常家庭感的一面呢。」

「呵呵，是嗎♪」

在那之後，我也和絢奈一起逛食材。

要用什麼方式看，又該如何挑選，這些絕不是一下子就能學完的，但是跟她學習這些事也是一段愉快的時光。

「這樣一起購物感覺就像夫妻一樣呢。我是妻子，斗和同學是丈夫。」

「唔……」

我的心跳突然加快。

因為絢奈的話，我不由得稍微幻想，如果有這樣的未來不知道該有多好？

絢奈不僅外表出眾，也很會讀書，在教室裡展現對他人的關懷，也有勇氣保護他人……

而且，她還有這種家庭感的一面，完美無缺。

（……原來如此，她會成為人氣投票的冠軍確實合理啊。）

如果我沒記錯，遊戲中應該沒有對她如此深入的描寫，不過想必她是充分具備了能如此受歡迎的要素。

然而，在情色遊戲裡的立場，她只是個終究會被睡走的女角。此外還有什麼能博得廣大人氣的祕訣嗎？

「……！」

正當我打算思考這個問題，一陣輕微的頭痛襲來，使我踉蹌了一下。

幸好絢奈並沒有看到我剛剛的模樣而造成無謂的擔心，我就放心了。

之後，購物順利結束，我決定送絢奈回到可以看見她家的地方。

「以後要再讓我去你家打擾喔。」

「……嗯。」

周遭已經變暗，讓女孩子一個人走實在令人擔心。

正因如此，我才主動送她回家，然而我幾乎是無意識地這樣想著。

（……和絢奈待在一起的感覺真好。儘管有很多事都還搞不清楚，但為什麼我會覺得絢奈這麼重要呢……？）

等等，為什麼我會開始想這些事？

與其說是自己的心境產生了變化，感覺更像自己被斗和的身體牽引，一種難以理解的感覺使我再次感到困惑。

（……斗和，你對絢奈有什麼感覺？你在絢奈身上尋求的是什麼？）

我一邊和絢奈一起走著，一邊持續思考這個問題。

離絢奈的家越來越近，這同時意味著我們離住在附近的修家也很近。

就算可能性很低，也不應該讓修看到我和絢奈晚上走在一起的場面。

「那麼，絢奈，今天真的很謝謝妳。」

「不會，這是我想做才做的。但是……我還不想離開耶。」

「唔……」

在路燈照射下，絢奈的身影有種神祕感。她往上看著我，說出這樣的話，我的心也不禁動搖起來。

正當我們凝視著彼此的時候，背後傳來了一個聲音。

「……絢奈姊姊？」

▽▼

「……不知道斗和他們回去了沒。」

在學生會室，我一邊幫忙伊織學姊一邊小聲嘀咕。

平常的話，此時我應該正要和絢奈、斗和一起放學，但因為被伊織學姊叫來幫忙，我無法拒絕。

「……唉。」

「怎麼了？」

「沒事，什麼也沒有。」

被學姊發現我嘆了口氣，於是我設法矇混過去。

「…………」

和伊織學姊在學生會室兩人獨處讓我心跳加速，但我心裡總是有絢奈存在。

（……絢奈……）

對我——佐佐木修來說，絢奈是非常重要的青梅竹馬。

從我懂事以來，我們就一直在一起了，兩家人之間的感情非常好。

『絢奈！』

『修！』

小時候互相呼喚名字或兩人靠在一起都是再正常不過的事，兩家人的關係也很好，所以至今我們仍會去對方家。

絢奈已經成為我日常生活中的一部分，和她一起度過的時間可說是我最大的幸福。

（我一定會……和絢奈在一起吧。）

雖然有點羞於啟齒，但我有一股這樣的直覺。

從小絢奈就一直在我身邊，即便現在已經高二也沒有任何改變……她一直在我身邊。

『修和絢奈真的很配呢！』

『嗯、嗯！哥哥和絢奈姊姊絕對會結婚的！』

以前媽媽和妹妹經常這樣說，因為很害羞，希望她們不要在本人面前說這種話……不過妹妹現在還是經常這樣說就是了。

「……哈哈！」

一想到絢奈和家人的事，我不禁笑了。

因為我突然笑出來，伊織學姊用奇怪的眼神看向我，我清了喉嚨假裝沒事。

之後幫完伊織學姊，我回到了教室。

「……啊哈哈，他們果然不在呢。」

我原以為絢奈跟斗和會等我，但都這麼晚了，他們果然已經不在了。

保險起見，我確認了手機，發現絢奈傳來的訊息，內容是她跟斗和要先回去了。

「那我也直接回去吧。」

我揹著書包離開學校。

有點久沒這樣一個人走在外面了，不過偶爾有這樣的日子也不壞。我不禁這麼想。

也許是因為對我來說，和絢奈、斗和在一起的日常太過理所當然，才會這樣覺得吧。

「不只是絢奈和斗和，我也擁有一個溫暖的家庭。」

沒錯，我的家庭也非常幸福。

我的家人有母親、妹妹，以及現在在遠方工作的父親。

媽媽總是為我做美味的飯菜和便當；即使是小事情她也會讚美我，讓我很開心。

『修可是我們驕傲的兒子呀。真的是可愛的好孩子，媽媽愛你喔。』

當媽媽這樣說著並擁抱我時，我真的感到非常安心。

媽媽似乎也明白這一點，只要我稍微感到不安，她也會立刻注意到……該怎麼說，我很清楚她是真的非常在乎我。

當然，不只是媽媽，妹妹也很喜歡我。

『哥哥！教我功課！』

儘管我在學業方面並不算特別在行，但念國中的妹妹很喜歡和我一起讀書……不，應該是單純喜歡和我在一起，總之，她總是想待在我旁邊。

不知道是不是因為她是我妹妹，對我來說，她真的非常重要，是個可愛的孩子。

「爸爸也很信賴我呢。」

我常常和在外地工作的爸爸通電話，每次爸爸都會拜託我照顧媽媽和妹妹。

我並沒有打算取代爸爸的角色，但現在家裡唯一的男性只有我，所以我要確實保護好她們兩人。

「當然，我也會保護絢奈。」

作為青梅竹馬一直陪在我身邊的絢奈，也由我來守護。

正因為她對我來說是非常重要的青梅竹馬……是我最喜歡的青梅竹馬，所以我會一直保護她。

「在我被欺負的時候，絢奈也幫了我。」

從國中時期開始，我就習慣周圍的人因為絢奈而對我投以嫉妒的眼光。

也許是因為這樣，我有時會被人欺負，但每次絢奈都會保護我。

「……啊，說起來斗和好像也是。」

我記得斗和也跟絢奈一起保護我，應該是這樣沒錯。

「斗和在各方面也真的幫我很多呢！」

我也非常珍惜和絢奈一樣從小就認識的斗和。

我不是沒想過希望能成為像他那樣帥氣、細心……像他那樣即使站在絢奈身旁也不會被說閒話的人。

『欸，斗和，我希望你支持我和絢奈的事。』

很久以前我曾這麼說過，也得到他的同意。

因為有這樣的經歷，我能信賴斗和與絢奈之間沒有其他關係。我相信斗和是我的盟友，不論是現在或今後都會是。

也許是因為想了太多，我似乎一直站在原地。

「……啊。」

肚子咕嚕咕嚕地叫了，我苦笑著稍微加快腳步回家。

回家路上，我聽到救護車的警笛聲。不知道是哪裡發生了什麼事故，我不由得看過去。

「……唔。」

我討厭救護車的警笛聲。

並不是因為很吵，而是它會喚起我不好的記憶，所以我才討厭。

『修！』

『……咦？』

為了再次忘記即將復甦的回憶，我搖了搖頭，一鼓作氣跑了起來。

回到家，當我穿過玄關，那些差點回想起來的討厭的事情都不再困擾我了。

「我回來了～～！」

平常妹妹都會回應我「你回來啦」，卻沒看到她的身影。今天她似乎難得地還沒回來。

「你回來啦，修。」

彷彿代替妹妹，媽媽從客廳探出頭來。

媽媽看到我便笑著走過來，把我的臉埋進她豐滿的胸前。

「喂！等等，媽媽？」

「聽話，別掙脫啊。可愛的兒子回來了，當然會想這麼做吧？」

「……是這樣嗎？」

「就是呀♪」

都已經高中了，被這樣對待實在很害羞。但因為對象是媽媽，我也就任由她去。

「你今天回來得真晚，發生了什麼事嗎？該不會是和絢奈去約會吧？」

「不，我今天幫學生會會長工作。絢奈應該先回家了吧。」

「是嗎？呵呵，不愧是你。能幫忙學生會會長的工作，是重責大任吧？」

其實並不是什麼值得被稱讚的大事，但我覺得貶低自己也不好，於是對媽媽有些含糊地苦笑帶過。

「熱水已經放好了，你快去洗吧。」

「好～～」

把東西放在房間後，我就前往浴室。

我一邊沖著熱水一邊重新思考，覺得自己真的有幸擁有一個很棒的家庭。

剛剛也想過了，我確實對這個命運充滿感激。

在這個世界上有形形色色的家人，毫無疑問地，說我擁有最棒的家人一點也不為過。

溫柔的母親、可愛的妹妹、信賴我的父親……還有一直陪在我身邊的最棒的青梅竹馬。

只有在這種時候，我才會覺得自己像遊戲的主角，臉上不自覺地露出笑容。

「但是……」

然而，有一件事一直讓我很在意。

對我來說如此溫柔的家人們不知為何對斗和態度很差，就連我提到斗和的時候，他們都會明顯露出厭惡的表情。

「……是不是發生過什麼事啊？」

可以的話，我希望大家都能和睦相處，但我也認為這種事情船到橋頭自然直，相信總有一天他們跟斗和的關係也會變好。

「我和絢奈還有斗和一直都在一起。正因為如此，我希望大家都能好好相處啊。」

總有一天……當我真的和絢奈那個……結婚的時候，我還是希望斗和能作為我的朋友代表上台致詞。

「……啊哈哈，我也太急了吧。不過……真希望有那樣的未來。」

雖然自己說這種話也很奇怪，總覺得這樣有點噁心，但是妄想這種事不用錢，也不會被誰抱怨。

而且我確信這樣的未來一定會到來。

『修同學。』

『修。』

我回想著一直以來都一起度過的這兩人，洗完澡後回到客廳，媽媽在那裡等著我。

「絢奈姊姊？」

我回過頭看向從身後傳來的聲音。

那裡站著一個年紀比我們小一點，大約是國中生年紀的女孩。

「……琴音。」

絢奈口中的琴音全名是佐佐木琴音，如姓氏所示，是修的妹妹。

她留著黑色鮑伯頭，一身穿得隨興的制服；還有這部分不太好大聲說出來，她各方面都滿小的。

自從我成為斗和之後，見到她的次數寥寥可數，但以我個人來說，我不太想見到她。

「你在我們家附近做什麼？」

她把視線從絢奈身上移開，看著我冷冷地問道。

我不太想與她見面的原因，從她的態度就可以看出來，不知為何她很討厭……不，是修的家人都很討厭斗和。

斗和與修的關係確實很好，然而為什麼他與修的家人關係這麼惡劣，在遊戲中並沒有提及，我也不曉得。

還有另一個原因，是她在這個世界扮演著重要的角色。

（佐佐木琴音，身為妹妹角色，被睡走的女角。）

沒錯，她和絢奈、伊織一樣，都是會離開修身邊的女生。

琴音是個超喜歡修的兄控，而修也非常寵愛琴音，兄妹兩人關係非常好。

然而，她的命運也是悲慘的。

當我試著回想琴音遇到的事情，頭突然一陣劇痛，使我按住了太陽穴。

「你怎麼了！」

「……不，我沒事。」

在我身旁的絢奈非常擔心，甚至發出平常我沒聽過的聲音，但疼痛一下子就減輕了，所以我告訴她我沒事。

總之，今天就在此和絢奈道別吧。

如果我繼續留在這裡，感覺也只會遭到琴音責罵。

「絢奈只是陪我去買東西啦。」

我向琴音解釋，而她看著我的眼神像是在看垃圾。

到底有多討厭我啊？我無奈地苦笑，最後把視線轉向絢奈繼續說：

「那就這樣，今天真的非常感謝妳！」

「啊……好。」

絢奈最後對我露出的微笑使我感到被治癒。我離開時走過琴音身旁。

然而就在那瞬間，她靠近絢奈，用我也聽得見的音量這麼說：

「絢奈姊姊真倒霉耶。是被他逼著幫忙吧？他感覺就很渣，最好還是跟他保持距離。」

絢奈這個人一向不會受到他人的話語影響。

儘管我覺得自己沒道理被她說成這樣，但此時我對斗和抱有不少疑慮，所以她這種說法在某種程度上聽起來很正確，令我有些悲傷。

然而，我不明白為什麼我和修是好朋友，和他的家人關係卻這麼糟。

這麼說來，在遊戲中有修到斗和家做客的場景，但從來沒有斗和到修家的場景。

「……完全搞不懂。」

也許是遊戲沒有描寫到的某些事情使得斗和從未去過修家——我這麼想著。

「算了，就算介意也沒用。」

我想到媽媽還在等我，在那之後就立刻回家了。

「我回來了～」

「你回來啦，斗和。」

當我打開家門走進屋裡時，媽媽出來迎接我。

遊戲中並沒有特別觸及斗和的家庭關係，在轉生後，我才得以曉得那些未知的部分。

「對不起，回來晚了。我讓絢奈陪我去買東西。」

「原來是這樣啊。你和絢奈真的感情很好呢。」

我告訴媽媽自己剛剛和絢奈在一起，她便開朗地笑了。

快要四十歲的媽媽看起來很年輕，說她只有二十幾歲也會讓人忍不住相信。媽媽就是擁有這種程度的美貌。

雪代明美，是媽媽的名字。

「你先去洗澡吧。洗完後馬上吃飯喔。」

「知道了。」

之後我就照媽媽的話，洗好澡後吃了晚飯。

或許是因為我告訴媽媽我和絢奈一起去買東西，我們大部分的話題都圍繞著絢奈，媽媽果然非常喜歡她。

雖然有些問題很難回答，但總算是應付過去了。回到房間後，我有想做的事，所以在椅子上坐下，拿出筆記本。

「好吧，雖然覺得可能沒幫助，還是試著重新整理一下資訊……啊，在那之前，先傳個訊息跟絢奈道謝。」

我拿起手機，傳了感謝的訊息給絢奈，然後重新把視線轉回到筆記本上。

剛剛也說過，這是為了整理資訊，我便決定試著把關於這個遊戲的記憶盡可能地寫在筆記本上。

「……但是絢奈今天到底是怎麼回事啊？」

不管是她叫我主人，還是我們兩人獨處時她與我拉近距離的方式，坦白說，要認為沒什麼，顯然是不可能的。

我只能確定有些我不知道的事情存在，然而現在神奇的是我也開始說服自己絢奈這樣的態度才正常，並沒有什麼好奇怪的。

也許正因為受到斗和身體的影響，這些疑問也會像這樣漸漸變得無所謂吧……

「好，總之先寫下來。」

我拿著筆，在筆記本上寫下我想到的事情。

「佐佐木修、音無絢奈、本条伊織、佐佐木琴音……」

我逐一寫下最近遇到的人的名字和一些細節。

這當中沒有特別讓我在意的內容，也沒有足以令我頭痛的資訊。

關於修，就是一個隨處可見的主角設定。至於絢奈她們，也只有談及外貌、個性、喜歡和討厭的東西。

「在這個世界裡，也不可能有《我被奪走了一切》的情報吧～～」

這個世界當然不存在遊戲的官方網站，我卻清楚想起了角色的介紹文。

我一邊回憶，感到有點懷念，不禁露出微笑。

我突然回過神，發現我所寫的筆記本頁面在不知不覺間已經填滿了文字。

我苦笑著，覺得自己太過專注，一邊瀏覽文字一邊思考著。

「關於修，真的什麼都沒有呢。是說，情色遊戲的主角就是這樣吧。」

某種意義來說，不愧是情色遊戲的主角。關於修，真的沒有任何值得注意的資訊，反倒令人覺得乾脆。

伊織和琴音這兩位女角也一樣，還有我變成這副身體後還沒遇到的另外兩位女角，都是類似的情況。

「……絢奈大致上就是這樣吧。」

對於絢奈，我寫下的是她的介紹文。

關於這點，我自己也感到驚訝，竟然能將官方網站上的內容一字不差地寫下來。

『修的青梅竹馬，住在附近的女生。端莊美麗、性格溫柔，也很受同班同學歡迎。和修一樣，與斗和的關係很好，經常一起上下學。對修懷有非比尋常的情感，一直在等待向對方告白的時機。』

「非比尋常的情感啊……看來官方也認定絢奈對修有著強烈的感情，這點算是符合。」

如果是這樣，那麼她對我的態度怎麼想都很奇怪。

我放下筆，交抱雙臂試圖回想，看能不能想起些什麼，但腦海裡浮現的只有遊戲中描繪的絢奈的表情和舉止。

『修同學，今天也一起回家吧？』

『修同學真的不能沒有我耶。真是的，請振作一點。』

『修同學你……喜歡我嗎？』

『我也一直……一直對修同學……』

記憶中的絢奈真的總是帶著美麗的表情。

在修的日常逐漸被惡夢侵蝕的過程中，她是唯一始終不變地在他身邊鼓勵他的人。

「……我喜歡的場景啊……」

我像是緩緩潛入記憶之海般回想起來。

雖然絢奈最終是離開了修，但我想起好幾個喜歡的場景。其中最喜歡的莫過於那一幕。

「記得是修和絢奈一起回家時，兩人談論著未來的那一幕。」

那應該算是相對前段的情節，而且展現出身為多年好友的兩人之間深厚的交情。

那是在某天放學回家的路上，以夕陽為背景，絢奈和修談話的場景。

『修同學，你將來想做什麼呢？』

『這個嘛……總之，只要有妳在身邊就足夠了吧。』

聽到修鼓起勇氣說出這句話，絢奈低下頭的瞬間。

大概是因為害羞了，而她抬起頭笑了一下，然後回答修：

『修同學真是沒變呢，總是這樣……呵呵，無論是怎樣的我，修同學都會對我抱有同樣的感情嗎？』

『當、當然啊！無論是怎樣的絢奈，我都……！』

我記得當時自己因為感受到了不該出現在情色遊戲中的愛情喜劇氛圍而嘴角上揚。

那時還沒有任何關於有人離開修的描寫，從她們各自的視角來看，也沒有絲毫不安的徵兆。

更重要的是，當時斗和真的是他最好的朋友。

『修同學，我並不是你所想的那種好女孩。我也跟別人一樣，有無法說出口的事情，也有隱瞞的事情。但修同學你說即使這樣你也會接受我，我真的很喜歡這樣的你。』

『……唔！』

她這麼說著，然後兩人之間的對話就結束了。不過仔細想想，從絢奈的臺詞也可以看出許多端倪。

就像那樣，總之絢奈是個溫柔且對每件事都有主見的女孩子。

不管何時，只要修叫她她都會過來。修感到痛苦時，她也總是第一個察覺並安慰他……她就是這樣的女生。

「當大家都離開的時候，記得絢奈把修叫去附近的公園啊。」

無論多麼痛苦，絢奈都會一直陪在身邊。

不用說，這一瞬間不僅是修，連玩遊戲的人都懷抱希望。或許是心理作用，感覺還播放著溫暖開朗的音樂。

然而，將這種期待徹底粉碎的也正是這一幕。

『不是斗和同學就不行♡我才不需要那種猶豫不決又沒出息的青梅竹馬♡』

這句臺詞的破壞力，簡直就像槍林彈雨的威力。

原本溫柔的她沉浸於快感，露出不檢點的表情，對於與自己交歡的斗和，用全身表現出喜悅。

「……不管怎麼說，這都是結局毫無救贖的故事，但我還是想再玩一次，以便整理各種記憶。」

然而，這個願望已經無法實現了。

我比較了一下現實和記憶中的絢奈，依然沒有發現特別重大的問題，所以現在我要回想關於自己——關於雪代斗和，盡可能將記得的事都寫下來。

「……大致上就是這樣吧。」

『修的好友，對絢奈而言也是可靠的男同學。因為外表和性格，受到男女性歡迎，與絢奈一樣在班上是備受尊敬的存在。直到國二似乎都在踢足球，因某種緣由而停止，現在是回家社。』

我看著這樣的文章，接著看向鏡子中自己的臉。

不管到哪裡都帥氣到清爽的程度，就連現在正在煩惱的表情都流露出一種受女性歡迎的憂愁。

起初玩遊戲時，我完全無法從斗和的角色插畫和介紹文想像他是NTR別人的角色。

「咦，這傢伙是NTR別人的角色嗎！真是讓人驚訝耶。」

那時的事我記憶猶新。

我一邊想著這些，回想起斗和曾經踢足球的設定，但似乎沒有特別的意義，應該也不用太在意。

「雖然有點在意『某種緣由』就是了……唔～～」

才剛說不用太在意，怎麼現在又在意起來了。

不過，不知道為什麼，每當我想起足球這個詞彙時，胸口就有股莫名的疼痛。

但因為那種感覺轉瞬即逝，我就沒放在心上了。

「還有學妹內田真理和修的母親佐佐木初音……嗯，果然什麼都沒有。真的是完全沒有用的資訊啊～～～～～！」

我用力搔頭，大聲地喊出來。

幸好聲音似乎沒有傳到媽媽那裡，我鬆了口氣，但我已經沒有繼續思考的力氣了。

我姑且將寫下資訊的紙摺起來，打算留存下來。

「就這樣吧。雖然大概不會再拿出來看就是了。」

我苦笑著這麼說，突然伸手去拉書桌抽屜。

這並不是我有意識的行為，而是身體自然而然去打開抽屜，從中拿出一本相簿。

「相簿嗎……哦～」

翻開相簿，裡面收藏著年幼的斗和、修和絢奈的照片。

這是我第一次看到這些照片，在遊戲中完全沒有出現過。

即使遊戲中有年幼時的修和絢奈的過去回憶，也是以對話的方式進行，沒有插畫，因此我沒想到可以看到這樣的照片，不禁熱衷地翻著相簿。

「啊哈哈，這可真是稀有呢。」

我的視線停在三個人一起踢足球的照片。

絢奈似乎想踢球，但可能是失誤踢空了，結果在場上摔了一大跤，而斗和跟修見狀捧腹大笑。

『你們兩個不要再笑了！』

「……？」

一瞬間，我似乎聽到了一個年幼孩子的聲音。

我環視周遭，覺得可能只是自己多心了，一方面也想著或許是烙印在斗和身體裡的過去記憶。

「……絢奈嗎……」

我沒有與絢奈的回憶。

儘管如此，看著這些照片卻讓我感到非常懷念，甚至因為看著照片，開始想聽到她的聲音。

我隨著某種牽引拿起手機，點選聯絡人當中絢奈的名字。

「……呃，欸？」

然後就這樣打了過去。

在思考各種事和看照片之後，已經超過十點了。儘管她可能還沒睡，但夜裡打電話或許會造成別人的困擾。

聽到鈴聲的瞬間原本想立刻掛掉，沒想到才響第一聲，電話就接通了。

『喂，斗和同學，怎麼了嗎？』

「……呃……抱歉突然打給妳，絢奈。」

絢奈非常快就接起電話，讓我嚇了一跳。

以她的速度來看，如果不是正好拿著手機，應該不可能這麼快接起來。我不禁想著，難道絢奈也在考慮打給我？不過應該不可能吧。我苦笑著這麼心想。

『沒關係。其實我也在猶豫是否要打電話給你。畢竟我們剛才分開的方式不太好。』

「……啊～～」

確實，當時的分別並不愉快。

現在還是不知道琴音為什麼那麼討厭我，雖然在意，但我也不打算追問。

『呵呵，我一方面在猶豫要不要打電話，但也想著或許你會打過來。看來我的心願成真了呢♪』

「唔……」

絢奈的話讓我的臉頰熱了起來。

這個女生為什麼能輕易說出這種令人害羞的話？更重要的是，她知道這樣的話語會讓我多麼開心嗎？

對絢奈來說，這絕不是經過算計的行為，我很清楚這是她毫無虛假的真心話。

「其實我一直在思考一些事情。」

『嗯。』

「然後，當我覺得今天想得差不多了，不知不覺拿起手機，就無意識地打給妳了。」

我說完感到有些害羞，但這也是真心話。

絢奈聽完安靜了一會，我才想著她是不是出了什麼事，就突然聽到一陣咚咚咚的聲音。

『斗和同學！為什麼你現在在電話的另一頭啊！如果你在我身邊，我就可以緊緊抱住你了！』

「那……還真是可惜呢～～」

『是啊！這個距離讓人困擾啊！』

絢奈現在應該是躺在床上講電話。

剛才那些咚咚咚的聲音可能是她的腳在床上敲的聲音。絢奈會有這樣孩子氣的舉動，想來也是一幅可愛的景象。

「……我說絢奈——」

『嗯，怎麼了？』

即使看不到她的臉，我也能感受到她溫柔的微笑，彷彿希望我說出一切。

不知道為什麼，我總覺得就算講一些耍帥的話也沒關係，於是說了：

「下次見面的時候，我可以用力抱緊妳嗎？」

『當然可以！只要是斗和同學，隨時都歡迎喔～～！』

我說完後感到有點難為情。

「……哈哈，這樣啊。」

只回答了這麼一句。

『是的♪』

我再次聽到咚咚咚的巨大聲響。

看來絢奈在興奮或高興的情緒到達極限時，習慣用踢動雙腳來釋放情緒。

不過，這樣啊……下次見面時，我可以用力抱緊她嗎？

（是這個身體的影響嗎？即使只是和絢奈之間的小事就會使我雀躍起來，感到很幸福。到頭來，我是雪代斗和這個人嗎？）

真傷腦筋——我想著修的事情，嘆了口氣。

在這樣想法搖擺不定的時候，我很慶幸絢奈不在我面前。不過接下來我還是享受了一段與絢奈的閒聊。

當時間快來到十一點，我開始考慮是否該結束通話。

『斗和同學。』

「……怎麼了？」

絢奈的聲音帶著一絲嚴肅。

就算隔著電話也能感覺出她聲音的變化，我對此感到驚訝，靜靜等待她要說的話。

然後，她這麼對我說：

『不管是怎樣的你，我都很喜歡喔。那時候，我接受你絕不是出於憐憫之情，而是因為我想待在你身邊，想支持你，才會把自己獻給你。』

「……那是……」

絢奈到底在說些什麼？那是什麼意思？

在思考她話語的意思時，我變成這副身體以來經常出現的頭痛突然再次襲來。

儘管並不是很嚴重的疼痛，這股痛楚似乎要從我的腦海深處拽出某些東西。

「……這是……？」

『斗和同學？』

我腦中有一段記憶以影像的方式浮現出來。

斗和覆在毫無防備的絢奈身上，看起來像是斗和在侵犯絢奈。然而斗和的表情很痛苦，絢奈卻帶著彷彿願意接受一切的美麗微笑。

「……哎呀，抱歉。我有點睏，恍神了一下。」

『我們確實聊了很久呢。』

絢奈咯咯笑著，感覺真的很開心。

受到絢奈的影響，我也露出笑容。剛才正好提到睏了，我認為這樣的收尾也不錯，於是告訴絢奈今天差不多要睡了。

『我不要。我還想繼續聊……不行嗎？』

「…………」

這女生真的是……我輕輕嘆了口氣，認為彼此都應該去睡了，並狠下心來。

「明天在學校也能見面吧？所以今天就到此為止吧。」

『……我知道了。』

話說回來，其實都是因為我打了電話才會變成這樣。

在那之後，我陪著不情願掛電話的絢奈一拖再拖，最後總算結束了通話。

「……呼～～」

感覺就像是完成了一件工作，但與絢奈交談讓我感到非常滿足。

與絢奈聊天時，我內心某處開始渴望她，而且彷彿有個聲音在低語著「修的事根本不重要吧」，而我想這份情感肯定有某種意義。

「……唉～～總之今天先睡吧，實在太睏了。」

如果因為想太多導致明天遲到可就糟了。

我躺在床上，盯著黑暗中的天花板，忍不住又開始想著自己接下來該怎麼辦，但仍無法抵擋睡意，很快就睡著了。

▽▼

那是某個世界的故事。

一個男子坐在電腦前。他剛剛看完自己玩的遊戲的結局……卻一點也不開心，而是唉聲嘆氣。

「……搞什麼啊，到底是怎麼回事，這個遊戲。呃，我早就知道嘍，但最後竟然是絢奈淪陷的場景？到底要多鬼畜啊！這個遊戲！」

男子默默看著跑過的製作人員名單，嘴裡抱怨著。他上網打算寫些關於遊戲破關後的感想。

然後他找到了一個東西。

「《我被奪走了一切》的遊戲外傳……絢奈的故事？」

男子找到的是他一直在玩的遊戲的番外篇，可說是本傳的續集。

這確實令他感到好奇，但因為這個遊戲是NTR題材，對他內心造成了一定程度的打擊，續篇使他怎麼也提不起勁去玩。

「讓我們隨後體驗在本篇中沒有描寫的她的故事……反正肯定是那個吧？僅有一次的絢奈性愛場景追加描寫？我怎麼可能還想看絢奈更激烈的淪陷場面啊！」

這個美麗的女主角絢奈一直陪在男主角身邊，但她所隱藏的真相，老實說讓人受傷。

不過，玩這種類型的遊戲造成心靈創傷也只能說是自己的責任。然而絢奈這個少女能讓男子做出如此發言，顯然是非常出色的女主角。

「……我是不會買啦，但稍微瞄一眼吧。」

然而，恐怖的事物總是令人感到好奇。

儘管多次提過，男子本身並不打算買遊戲外傳，但他想著至少看看評論，於是點進了那個頁面。

「評價好高喔……」

評論是以五分制評分，分數越高代表評價越好。

當中大部分的評價都是五分，也就是說，對玩過這個外傳的人來說，遊戲內容非常令人滿意。

在這種情況下，他已經不在乎被爆雷。總之想了解這些好評的細節，便決定從頭開始逐一閱讀評論。

・因為是描寫在本篇中沒有出現的故事，引起我的興趣就買了。該怎麼說……我覺得真的很厲害，不僅是視角不同，深入描寫在本篇中沒有詳述的事件使我改變原本的看法，我自己都嚇了一跳。

・如果是對修多少抱有感情的人，不建議買這個外傳。真的毫無救贖，更重要的是，對絢奈這個少女的印象會完全改變。

・雖然有絢奈喪失處女之身的場景，但那個場景的絢奈並不是被ＮＴＲ的女角……單純是個女神。

・因為跟修關係要好而受到牽連的學姊和學妹好可憐。不過可擼所以我很滿意。

・這真的是本篇中被ＮＴＲ的女主角嗎？根本只是純愛故事吧，太棒了。

・徹底覺得絢奈真可怕。但我想要這樣的女朋友，在哪裡可以遇到？

・沒想到足球的設定會這麼重要。斗和同學，這肯定是會恨的吧，祝你和絢奈幸福。

・感覺開啟了新的世界，但我覺得今後不會再有像這樣把本篇中被NTR的女角寫成外傳主角的故事了。不管是故事還是性愛場景都太棒了。

・因為絢奈的慈悲，她的母親得以逃過一劫，真可惜。身為熟女愛好者，好想看絢奈媽媽的場景。

諸如此類。

「……原來如此？」

男子一臉冷靜地低語，緩緩將游標移動到購買鍵上。

第4章

「……？總覺得好像作了奇怪的夢啊。」

一覺醒來，第一句話就是這個。

昨天晚上，我還記得自己在整理一些關於這個世界的事情後，和絢奈聊了一會才睡著。

然後，在入睡到現在醒來的這段時間好像作了奇怪的夢……但完全想不起來了。

「總之先起來吧，媽媽應該已經在做早餐了。」

雖然身體還有點想繼續睡的感覺，但我一邊鼓舞自己一邊走出房間，朝客廳走去。

「早安，斗和。」

「早安，媽媽。」

當我打開門走進去時，一陣感覺很美味的食物香氣撲鼻而來。

儘管是隨處可見的普通早餐菜色，和任何家庭並沒有不同，然而我可以從中感受到媽媽的愛。

（不僅是平常的餐點，連便當也做得非常好吃。）

或許正因為是母親，完全了解兒子的口味，這點也是主因吧。

我盯著媽媽用勺子舀起味噌湯倒進碗裡的背影，她終究是注意到了而歪過頭。

「哎呀，怎麼了？」

「……沒什麼。」

這樣凝視著媽媽確實有點奇怪吧。

我被媽媽盯著看，一時之間不知道該說什麼，就本能地向她道謝。

「一直以來都謝謝媽媽，便當和飯菜都超好吃的。」

我這樣說完，媽媽果然更加目瞪口呆。

感謝的話並無虛假，我只是充滿了想向媽媽表達的感恩之情。

（這也是斗和的情感嗎？想讓家人……讓唯一留下的媽媽感到安心或開心的想法。）

就目前而言，對於自己的家人，我知道的算是比較多。

首先，我剛才提及「唯一留下的媽媽」，並不是婚外情或離婚導致父親不在，而是因為一起不幸的事故，父親……爸爸去世了。

對於失去摯愛伴侶的心情，我無法理解。然而，媽媽克服了過去的痛苦，持續疼愛著兒子，我真的覺得她是個了不起的人。

（真的有很多我不知道的事情，希望以後能夠漸漸回想起來。）

可能是因為我一直想著這些，沒注意到媽媽已經來到我身旁。

「斗和！」

「唔喔！」

隨著一聲大喊，媽媽緊緊抱住我。

突如其來的舉動讓我嚇了一跳，但或許因為對象是媽媽，我感到很平靜安心。

「你說的話很讓人開心耶！身為母親，能聽到兒子這麼說真的好幸福！」

「……是嗎？」

「是啊！」

然後我和媽媽一起吃早餐。

也許是因為剛才的對話，媽媽心情始終都很好，一直笑咪咪的，反而搞得我都要覺得不好意思了。

（媽媽真的很注重打扮呢～）

看著一直笑咪咪的媽媽，我心裡這樣想著。

茶色的頭髮，耳朵戴著耳環，以有個已經不小的兒子的母親來說，與一般情況相比，她應該會被認為很愛打扮。

話雖如此，並不會給人什麼負面的印象，反而讓人覺得她像是很會照顧人的大姊。

「斗和，你可以慢慢來，但時間沒問題嗎？」

「……咦？」

我看了一下時鐘，不用說，立刻加快動作。

我馬上刷好牙，做好出門的準備，然後從家裡飛奔而出。

「今天可能是我會比較晚到啊。」

這句話並沒有說錯，當我前往老地方會合時，絢奈和修正愉快地聊著天等待。

「……真是的，感情還真好。」

這樣的景象能一直維持下去就好了，這也正是我的任務。然而當我越是這樣想，似乎就越是感到有些心痛。

同時，我想起昨天和絢奈聊天時的喜悅和快樂……如果我能一直獨占那種感覺就好了。

我偶爾也會忍不住這麼想。

「……該怎麼說，這感覺讓我不禁懷疑自己到底是誰啊。」

我記得前世的記憶，或者說前一個世界的記憶確實存在。

這意味著對我來說，我擁有前一個人生，這也證明了我不是斗和，而是另一個人。

然而，自從我變成斗和，每當我感覺到自己被身體影響時，就開始分不清自己到底是我還是斗和。

「唉～～真麻煩，這種心情。」

即使感到困擾，我的心情仍然很快就平靜下來。

總之不論我是誰，都無法改變也無法阻止自己現在身為斗和這個存在。

「喂～～斗和！你在做什麼啊～～～！」

「斗和同學～～！請快點過來～～～！」

「啊啊！對不起、對不起！」

兩人叫了我，於是我立刻朝他們跑去。

我和他們會合以後，兩人就邁開腳步。果然和昨天一樣，他們走在前面，而我稍微落後一點。

「對了，絢奈，我媽問妳今天可不可以來我家。」

「今天嗎？嗯～～……」

修的問題讓絢奈陷入了猶豫。

修和絢奈住得很近，所以互相去對方家裡並不稀奇，也經常在彼此家吃飯。

最後絢奈表示「因為想去買東西，下次再過去」拒絕了邀請。然而，修當然露出了不開心的表情。

「妳的意思是那比來我家重要嗎？」

「呃……」

修說的話令絢奈感到為難。

我在旁邊聽著，也覺得修的問法不太好，於是把手放到修的肩膀上，插嘴說：

「絢奈也有自己的事吧？既然都說『就算再怎麼熟，也要有禮貌』，你就不要問得太直接了。」

「……對不起。」

聽到我說的話，修乖乖道歉了，但顯然還是不開心。在那之後，我們前往學校的路上極少交談。

「……對不起，斗和同學。」

「別放在心上啦。」

絢奈為搞砸氣氛向我道歉，但我認為沒必要在意。

畢竟修肯定很快就會忘記，又會繼續著迷於絢奈，也就不會在意了。

結果修一個人匆匆往前走掉了。

留在後頭的我們互相苦笑，追在他後面。

「其實說要買東西是騙人的。」

「咦？」

絢奈吐了一下舌頭這麼說，我感到很驚訝。

也就是說，絢奈撒了謊……我並沒有認為絢奈是絕對不會說謊的人，畢竟作為人類，偶爾撒謊也沒什麼稀奇的。

不過她對修說謊，這一點我還是覺得挺意外。

「其實有時候我也會想一個人待著。當然，有你在身邊肯定比什麼都幸福。」

「唔……」

又來了……她又說出這種話。

她像這樣說出別有深意的話，我就會想起昨天的電話。

『不管是怎樣的你，我都很喜歡喔。那時候，我接受你絕不是出於憐憫之情，而是因為我想待在你身邊，想支持你，才會把自己獻給你。』

正當我下定決心要問她這番話的意思時，絢奈搶先一步牽起我的手。

「雖然這樣兩人一起上學也不錯，不過我實在不想再被修同學抱怨了，我們走吧。」

「……也是。」

果然，絢奈不只是單純寵著修——我苦笑著心想。

我感受從手掌傳來的絢奈的溫暖，兩人一起走著，絢奈突然轉向我，開口說道：

「斗和同學……發生了什麼事嗎？」

「妳是指什麼？」

「……總覺得你人變了。」

聽到這句話，我不自覺地僵住了。

不僅是身體的動作，彷彿連心臟的跳動都停止了……也就是說，我產生了時間也停止般的錯覺。

「感覺人變了」正是描述現在的我最貼切的話語。

「說說而已，只是一時的感覺，請你不要在意。」

「……好。」

儘管說不要在意，我還是嚇到並捏了把冷汗，擔心她是否發現了真相，將我拒於門外。

絢奈對我露出笑容，讓我某種程度上恢復了身體感覺。不過，看來有人察覺到我身上發生的變化了。

相坂跟我說的時候，我並沒有感受到這種內心的動搖……或許光是這樣，就能證明絢奈是特殊的存在。

「…………」

「……那個……你很介意嗎？」

「……啊～～」

我似乎一直是僵硬的表情，絢奈擔心地湊近我的臉。

在我說出「我並不介意，別擔心」之前，絢奈又接著說了：

「即使人看起來有所改變，也並不完全是字面上的意思。確實，我覺得最近的你有些變了……但是該怎麼說呢？就算這樣，我還是覺得這就是你。」

「什麼意思？」

「啊哈哈……我也不太清楚，但是不論看起來怎樣改變，我能明白那裡存在的人就是斗和同學。我的心絕不會誤認斗和同學，所以能說這樣和我牽著手的你就是斗和同學。」

自己講出來也還是不太理解呢——絢奈這麼說，笑著重新邁開步伐。

她鬆開原本握著的手，先往前走了。即使如此，對我而言，她剛剛說的話仍令我稍微感到安心。

因為在這個還充滿未知事物的世界裡，絢奈說的話彷彿在告訴我自己可以待在這裡。

「我一直處在時而不安，時而安心的狀態。真是的，就是這樣才讓人覺得繼續糾結也不是辦法啊。」

當然，這是因為生活的世界突然改變了才會有的煩惱，此時是只有經歷這些的我才能理解的。

要是陌生人對我說：「這種事沒必要猶豫不決吧。」我的立場反而可以回答：「你又懂什麼了？」……也是，這煩惱肯定不是壞事。

「……？」

我停下腳步，絢奈在前面一點的地方等我。

她認為自己說的話果然讓我感到在意而露出不安的表情，那表情令人印象深刻，我不禁露出苦笑。然而因為知道她正為了我煩惱，我便立刻跑上前。

「對不起、對不起，已經沒事了。」

「真的嗎？」

「嗯。」

儘管如此，絢奈還是頻頻偷看我的臉，或許是感覺我真的沒事了，便立刻不再擔心。

不知不覺間，我們和修拉開了距離，剛才還能看到他的背影，現在已經看不到了。

「修也走太快了吧。」

「就是說啊。我說斗和同學，我可以挽你的手嗎？」

「……嗯？」

咦，絢奈剛才說了什麼？

我應該確實說出了我的疑問，身體卻自動回應她，做出能讓她好好挽手的動作。

「……嘿嘿嘿♪」

「…………」

就像對待重要的東西一樣，她溫柔地緊緊環抱住我的手臂。

不僅是絢奈手臂的觸感，還能直接感受到她豐滿而柔軟的部分，讓我有點心跳加速。

（……果然一旦只有我們兩個人，絢奈就會立刻拉近距離。）

雖然與昨天放學後相比，現在的互動沒有那麼刺激，這依然讓我感覺到自己和絢奈之間存在著某種特殊的關係。

我們難得兩人獨處……即使不是這樣，也隨時都能打電話問她就是了——就在我下定決心要提出深入核心的問題時——

「咦？絢奈學姊？」

一聽到這個聲音，絢奈的手臂就輕輕放開我。

體溫和柔軟觸感從手臂上消失，我有些失落，轉頭一看，發現那裡站著的人是學妹。

不過，對知曉這個世界情況的我來說，那個女生也是值得留意的人。

「真理？早安。」

「嗯！早安！」

優點是充滿活力，且有些男孩子氣的這個女生用笑容回應。她就是會被睡走的學妹角色，內田真理。

看到站在絢奈旁邊的我，她——真理驚訝地瞪大眼睛，隨即「啊」地叫了一聲並向我低下頭。

「初次見面！我想你應該就是雪代學長，對吧？絢奈學姊和修學長都有提過你！」

「這樣啊。呃，我是雪代斗和，請多關照。」

「好的！我是內田真理！請多多指教！」

該怎麼說……真是個充滿活力的女生。

（原來如此……斗和跟真理是在這裡第一次相遇嗎？）

關於這部分，遊戲中並沒有提到，所以也可能單純是我變成斗和才產生這個相遇。

而且基本上在遊戲中，斗和與其他女角的互動有限，也沒有描寫他認識真理或伊織，所以現在能體驗到和真理這樣對話的場面，讓我開始覺得很不可思議。

「話說回來，原來如此啊……我曾經遠遠看過，雪代學長真的很帥耶！」

「是嗎？謝了。」

「……哇哇！」

我並沒有對真理微笑，她的臉卻變紅了。

現在的話已經變成自己的身體，不過斗和的五官確實端正得會被稱為帥哥……我在前世有時候也會想，如果我也能長得像他這麼帥該有多好。

由於難得在上學途中遇到，後來真理也加入我們一起上學。

話雖如此，基本上都是絢奈和真理在愉快地交談，而我只是像修的時候一樣靜靜觀察。

「……真是個有活力的好女生呢。」

儘管剛剛才第一次交談，依舊能確實感受到真理這個人的好。

就連這樣的女生也被睡走了，可見這個情色遊戲的劇情有多麼罪孽深重，是毫無救贖的故事，真的。

「我記得那個女生……」

我記得真理開始去健身房，被那裡的教練調戲。

她是田徑隊的一員，備受期待的未來之星。她為了能盡量達到周圍的人的期望，於是開始上健身房——過程應該是這樣。

『修學長！其實我從下週開始要去健身房了！』

她充滿活力地這麼告訴修。不過，作為一個經驗豐富的情色遊戲玩家，大概就能察覺到接下來的情節發展。

「……不過真奇怪呢。」

仔細想想，除了絢奈，和修親近的四個女性都差不多在同一個時期遭到惡意對待。

這種像是事先說好的連續事件發生，讓人感覺到其中有著某種意圖，然而也許是製作組的安排吧。

「對了，修學長不在嗎？」

「其實是我告訴他今天放學後無法配合行程，他就鬧彆扭了……」

絢奈這麼回答後，真理露出苦笑。

「原來是這樣啊。但能這樣讓修學長鬧彆扭，也算是絢奈學姊的特權吧？」

「是嗎？」

這種特權我才不想要——我這麼心想，暗自苦笑。

我和她們保持一定的距離，但真理似乎除了絢奈，也想和我聊天，於是她轉過頭來。

「其實我一直都想和雪代學長聊天。修學長也告訴我雪代學長是個像英雄一樣的人！」

「說什麼英雄……我並不是那樣的人啦。」

「斗和同學很帥氣喔，就像真正的英雄。」

「……絢奈。」

連絢奈都這樣說，讓我有些尷尬。不過我這張斗和的臉似乎即使是這樣尷尬的笑容，在真理眼中還是很帥，她發出了「喔喔」的驚嘆聲。

「雪代學長真的很帥耶……你連性格都很帥嗎？」

「這種事我自己也不清楚啊。就算是我，也常常像修一樣猶豫不決或煩惱。」

「不不不，你的回答方式和舉止就已經很帥了。」

帥的定義是什麼，我覺得應該要有人來告訴真理會比較好。

「能像這樣認識雪代學長或修學長，都是多虧絢奈學妹。彷彿是絢奈學妹替我帶來了許多相遇。」

「是嗎？」

我問絢奈，她點了點頭。

伊織遇見修的契機是絢奈，這一點在遊戲中有提及，但是並沒有提到關於真理的部分，所以我現在才知道真理和伊織一樣，也是經由絢奈才認識修。

之後，我也積極參與對話，一起前往學校。在鞋櫃處與真理道別，走向教室。

「啊，他在。」

「立刻就開始睡了耶。」

先到教室的修趴在自己的桌上一動也不動。

我覺得進教室後不能像那樣自顧自地躲在自己的世界，應該多找機會和周圍的同學交談……但這種事，我跟絢奈都沒辦法強制他。

「嗨，雪代。」

「嗨，相坂。」

我回應相坂的招呼，坐到自己的座位上。

絢奈走近修，與把臉抬起來的修交談，手掩著嘴嘻嘻笑著。

「看來心情已經恢復了啊。」

看到如同預料的那樣，我就放心了。

當我從抽屜拿出文具時，開始思考剛剛一起聊天的真理。

「……真是個好女孩啊。」

只要是人都會有一些醜陋的部分，而她是沒有那種部分的純潔女生，這就是我對真理抱持的印象。

這樣的真理還有伊織都是透過絢奈才認識修……然後被奪去。從某種意義上來說，這是有因果關係的。而身為知曉她們未來的人，如果可以，我希望能幫助她們。

「斗和。」

「怎麼了？」

和絢奈一起走向我的修向我搭話。

「其實放學後，我們打算在絢奈去買東西之前一起玩，想問你要不要一起。」

「哦～～？」

原來如此，絢奈以自己的方式在顧慮修。

我有點想問：「難得有兩人獨處的機會，我加入好嗎？」不過既然他主動邀我了，這樣的問題反而有點失禮吧。

「知道了，我會一起去。」

於是，放學後的計畫確定了。

那一天，伊織也來到教室把修帶走。但或許是因為我和絢奈在教室裡叮囑過了，包含染谷他們，誰也沒有做出打算對修找碴的行動。

不僅如此，我注意到了微小的變化。

「欸，染谷，放學後要幹嘛？」

「咦？這個嘛……呃～～」

「你在緊張個什麼勁兒？只是一起出去玩啊。」

「……呃，也對！」

我注意到染谷和絢奈的朋友上坂的對話。

上坂是昨天在適當時機邀染谷他們去唱卡拉ＯＫ的女生，今天我感覺到他們兩人之間的距離變近了。

不知道之前的情況如何，不過看周圍的反應，他們看似變熟好像是今天才開始的。

「怎麼了嗎？」

絢奈就在我身旁，看向我視線的方向便「啊～～」了一聲，點點頭後繼續說：

「去唱卡拉ＯＫ時他們似乎比想像中投契。因為她說這件事的時候看起來很開心，應該是相當中意他吧。」

「哦……」

我倒沒有覺得這個組合多稀奇。

染谷和上坂都有著引人注目的外表，但並不是品行不佳的不良學生。

關於染谷，雖然他對修抱有敵意，但有認真聽進我們的說法……不過，最好的情況當然還是一開始就不要做那樣的事啦。

「斗和同學喜歡那種類型的女生嗎？」

或許是因為我一直盯著染谷和上坂，絢奈如此問道。

從她的眼神中，我感覺到一絲忌妒，不知道是我的錯覺還是真是如此。然而絢奈立刻噗哧笑了出來。

「開玩笑的。你的喜好，我老早就知道了♪」

我稍微將視線從她微笑的臉上移開。

雖然這是因為我單純無法直視絢奈的笑容，但也因為我覺得她看穿了並非斗和，而是真正的我的喜好。

（我確實最喜歡像絢奈這樣清純的類型，不過……如果要更貪心地說，那種清純的女生帶著有點沉重的愛，然後有點色……）

當我陷入沉思時，目光不知不覺就停在絢奈身上……我不禁覺得自己真是個單純的人。

「順便問一下……」

「嗯？」

「要是我像那個女生一樣做所謂的『辣妹』裝扮，你會怎麼樣？」

她的話在我心中造成了巨大的衝擊，讓我萌生彷彿背後有雷電劈下來的錯覺。

確實，在我的記憶中，收藏了很多像絢奈這種清純美少女變成所謂「辣妹」的那方面的故事。我以她現在的外貌為基礎，腦中浮現出非常經典的「辣妹化」絢奈……不過，我一方面覺得她性感也很好，但最強烈的想法還是認為那樣不適合她。

「呃……我想妳還是維持這樣就滿好的。」

「呵呵，我知道了♪」

我看著她的笑容，覺得她大概早就預料到我的回答。

（……不過，話說回來……）

我再次看向染谷他們，想到了一個問題。修在遊戲中所說的因為嫉妒而來找他麻煩的人，是指他們嗎？

在遊戲進行的時候，找修麻煩的同班同學只是一些路人角，理所當然沒有明確提及姓名，也沒有具體說明他們的外貌。

（而且遊戲開始是一年後的事，班級也不同……現在想這些好像也沒有意義。）

我這麼想著，暫時將思考的事情清空。

在我身旁的公主大人正用眼神向我表達「我明明就在旁邊，還想其他事情」，所以現在我決定將時間花在她身上。

▽▼

於是，轉眼間來到放學時間，我們三個人一起來到街上。

「那麼，我們大概到五點前可以嗎？」

「好呀。這段時間我們好好玩吧。」

已經快四點了，時間限制相當緊迫，但對修來說，能和絢奈在一起就已經很開心了。

知道絢奈其實沒什麼特別的事，儘管覺得修有點可憐，我也認為絢奈有這樣的日子合情合理。

「那麼，我們馬上走吧，修。」

「嗯。」

既然有時間限制，就趕緊開始三人的時間吧。

說是這麼說，如果只有一個小時，能做的事也相當有限，最後我們只是邊走邊閒聊。

（……就算這樣，那傢伙好像也很開心。）

即使如此，修看起來確實很開心。

看著他和絢奈聊天的樣子，感覺根本不需要邀我加入。想必斗和以前也是這樣看著他們的吧。

「啊，有賣冰淇淋耶。」

在我們經過的路上看到一輛冰淇淋餐車，我們便走了過去。

各自買了不同口味的冰淇淋，坐在附近的長椅上悠閒地吃著，度過剩下的時間。

我吃巧克力口味，修吃薄荷口味，絢奈則是香草口味，每個人都享受著自己的冰淇淋。

「哎呀。」絢奈突然看向修。

「？……噗呵！」

當然，我也轉向修，看到他的臉時不由得噴笑出來。

修看著我們，不知道發生了什麼事。修的鼻子下面沾到冰淇淋，像是長了綠色的鬍子。

「修同學，不要動喔。」

「咦？嗯。」

絢奈從口袋裡拿出手帕，擦拭修的鼻子下方。

「好了，可以了。」

「……謝謝。」

修從絢奈的舉動也發現自己臉上沾到冰淇淋，害羞地低下頭道謝。

不僅如此，他也因為絢奈的臉靠很近而感到難為情。對他來說，這種程度的刺激似乎還很強烈。

「我、我去看看其他的！」

「啊，修同學……」

修忍不住起身走掉。

絢奈注視著他的背影，然後慢慢轉向我，露出一個深深的笑容，彷彿一直期待著修離開的那一刻。

「斗和同學……哎呀。」

「怎麼了？」

她對我投以先前對著修的眼神。

該不會我也沒注意到嘴巴沾到冰淇淋了吧？我這麼想著，正打算用手去擦，卻被絢奈阻止。

「請等一下。」

「好、好喔……」

絢奈慢慢接近我，湊近我的臉，用舌頭舔了一下我的臉頰。

「沾到冰淇淋了喔，斗和同學♪」

她應該沒說謊，但我沒想到她在正常地幫修擦完冰淇淋後會對我這麼做。

面對微笑的絢奈，我自然也感到害羞。剛才絢奈舌頭的粗糙觸感仍清晰地留在臉頰。

（……幸好沒被修看到。）

我瞥了修一眼，他還在全神貫注地挑選下一個冰淇淋。

如果他看到剛才那一幕，會怎麼說呢？儘管我有些不安，卻也不禁產生一絲優越感。對此我覺得自己真是個討厭的傢伙。

「唔……絢奈，妳不要突然這樣——」

「唔呵呵♪如果不是突然就可以嗎？」

「不，我不是那個……」

絢奈再次像剛剛一樣靠近我的臉，露出非常撩人的表情。

我凝視著她的臉、她的嘴唇，彷彿要被吸進去似的無法移開視線。

（該死……這感覺是怎麼回事……為什麼我會這麼想要……唔！）

我腦中彷彿有什麼不斷地耳語：「我想要絢奈。」

如果繼續這樣和絢奈對視，我自己也不知道會變成怎樣。正當我這麼想的時候，修終於回來了。

「抱歉、抱歉，我又多買了一個。」

「……這樣啊。吃太多會胖喔。」

那聲音聽起來太過沒有起伏。

話雖如此，我搞不太清楚修回來究竟是令人遺憾還是感激。在這樣的狀態下，我試著讓自己冷靜下來，朝附近的廁所走去。

「……呼～～」

也許這就是所謂的沒有時間喘息。

從昨天到今天，發生了太多關於絢奈的事情……我忍不住覺得很想要幾天都躺在床上耍廢，什麼也不去思考。

因為我不明白的事情和衝擊不斷以怒濤之勢向我襲來。

「……但是，我仍然覺得絢奈很重要。」

我對著鏡子中的我，也就是對著斗和說。

「斗和啊，為什麼我會來到這個世界？為什麼我會變成你並且身在這裡？我到底被期望做些什麼？」

我這麼說著伸手觸碰鏡子，當然並沒有回應。

我凝視著鏡子一陣子後，覺得自己到底在幹嘛而嘆了口氣。回到兩人所在的地方，然而情況看起來有些麻煩。

「我說妳啊，與其跟這種土氣的傢伙玩，不如跟我玩吧？」

看來是很沒品的搭訕。

那個看似大學生的男子瞧不起修，並對絢奈投以下流的目光。

「喂，你看什麼看？」

「唔……」

面對男人的威嚇，修低下頭，後退了一步。

修退到比絢奈更後面的地方……這等於他放棄對抗那個男人，同意將絢奈交給對方。

「……那傢伙在幹嘛啊。」

不對，離開那裡的我並沒有立場抱怨。

而且修不是那種會吵架的人，個性也沒那麼強勢，明白自己無法和體格比自己高大的男人對抗。

即使如此，我仍然希望修能堅持下去。為了保護絢奈，就算難看，我也希望他能用盡全力發出聲音。

「嘖……」

我咂了嘴，立刻衝向兩人。

正當男人想把手擱在絢奈肩上時，我抓住了他的手。

「到此為止吧。」

「啊～～？」

「斗和同學！」

「斗和……」

男人一臉不開心地看著突然出現的我。

不開心的人是我才對，更重要的是，他竟然試圖對絢奈出手，這是我無法容忍的……我不會把絢奈交給你——我用眼神傳達這個想法似的狠狠瞪著他。

「唔……你搞屁啊？」

男人有點膽怯地甩開我的手，然後唾棄地轉身離去。

我確實也想過如果打起來該怎麼辦，所以對方乖乖收手實在是太好了。

「喂，沒事吧？」

「唔，嗯……」

我問修，他便露出安心的表情點點頭。

同時我也感受到了絢奈異常熱切的眼神，但現在我有話必須跟修說。

「離開這裡的我不太有立場講，不過我說你——為什麼後退了一步？」

「那個……我是想去找人來幫忙！對，就是這樣！」

「……是嗎？嗯，也沒有不好。但你在那個情況下離開的話，絢奈有可能會被帶走，那段時間也會讓她感到害怕吧？」

「那種事沒人知道吧……畢竟最後你也救了我們。」

……也是，正因為你後退了，我才幫忙了啊。

唯獨像早上那樣的糟糕氣氛是我最想避免的，所以我決定適可而止，不再指責修。

話雖如此，氣氛也已經變得有點尷尬。此刻正好快要五點了，於是我們決定解散。

「那麼，今天就此解散。」

「嗯……」

「也是。」

看著修轉身匆匆離開，我反省了一下，覺得自己或許說得太過分了。

我看著修的背影苦笑，和絢奈面面相覷。

那麼，從現在開始就是絢奈對修撒謊要去買東西的時間，我好奇接下來要怎麼辦。
「接下來該怎麼辦？」
「說實話，我還沒想過♪」
「……不要用那麼開心的語氣啊。」
絢奈突然貼近我，讓我傻眼，但修所造成的不愉快感受並沒有改變。
儘管知道實情的我對此感到不快也很怪，我仍向絢奈提議想再去個什麼地方轉換心情。
「絢奈，可以的話，再一起多待一會好不──」
「好，我會跟你待在一起的♪」
「……啊哈哈，我知道了。」
於是，我們決定再待在一起一段時間。
儘管如此，也已經過了五點。因為不打算待到很晚，我原本想說隨便打發時間……為什麼會來到這裡呢？
「唔哇……這裡一如既往地熱鬧啊！」
「一如既往？」
對於絢奈說的話，我疑惑地歪過頭。我和絢奈前往的地方是遊樂場。
感覺帶女生來這種地方很不合理，但不知為何，經過的時候，我的目光就停留在這個地方了。

「斗和同學，我們玩一下嘛。」

「喔，好。」

比預期中還要興致高昂的絢奈拉著我的手，我們就這樣尋找可以兩人一起玩的遊戲，找到了桌上曲棍球。

「要玩玩看這個嗎？」

「好啊。」

我們各自站在球桌的兩側，開始了比賽，不過……呃，我完勝了。

絢奈弱到我甚至在中途忍不住考慮要不要放水，故意讓她贏。不對，與其說她弱，感覺她對這種遊戲很不在行。

「我輸了……」

她看起來很沮喪，不過完全沒有鬧彆扭的樣子，好像和我在一起真的很開心，立刻露出了笑容。

看著她的笑容，我的臉也自然地放鬆，覺得既然來了就盡情享受吧。

「啊，斗和同學，那個怎麼樣？」

「要玩嗎！」

絢奈指著的是配合節奏打太鼓，看誰得到較高分數的遊戲。難道她意外地擅長那種遊戲嗎？

看著絢奈雙手拿著鼓棒自信滿滿的樣子，我也必須卯足幹勁，於是我們開始了遊戲……然後我又以壓倒性的差距贏了。

「我又輸了……」

「…………」

很遺憾，我發現絢奈同學對這類遊戲似乎相當弱。

儘管再次感到沮喪，她很快又露出笑容，開始尋找下一個遊戲。

（……就好像這個地方很重要，或者說是一個有著深刻回憶的地方。）

這是我來到這裡，看著絢奈所產生的想法。

原本以為她是和修一起來的，但似乎不是……不知道為什麼，我總覺得自己在這個地方感受到了些什麼。

「接下來我們玩那個吧，斗和同學！」

「哦……嗯？」

「？怎麼了嗎？」

「……沒事。」

剛剛一瞬間，絢奈好像沒有用敬語？

突然沒用敬語稱不上什麼大事，我卻莫名感到懷念。

照理說，對現在的我而言，應該不存在過去明確的記憶……但為什麼我在這個瞬間會感到如此懷念呢？

「斗和同學？」

『斗和同學？』

「唔！」

我看著絢奈的同時，似乎在她旁邊看見了另一個女孩。

就像是現在的絢奈縮小一般……那個女孩，和我在照片上看到的過去的絢奈一模一樣。

「……？」

然而，那顯然只是我眼花了。

下一秒，那個女孩的身影消失，面前只有絢奈疑惑地歪著頭。

「……不，沒事。我說絢奈……」

「嗯。」

「真的……好開心啊。」

「是啊！」

和女生一起來遊樂場，這種事並不常見……就算是前世，我也從未有過這樣的經歷。我並非單純想以此為契機，以後常來這裡。然而不用說，有絢奈在身邊就使得這一刻變得愉快。

之後，我和絢奈又繼續玩各種遊戲，時間逐漸接近六點。

絢奈一副滿足的樣子，表示要去一下洗手間後走掉了。正當我閒得無聊，在視野一角看到了夾娃娃機。

「果然有這種東西啊。」

上面掛著各種獎品，而我注意到了一個長相難以形容的醜青蛙鑰匙圈。

「……呵呵！」

看著它那彷彿在說「救救我」、「讓我離開這裡」的表情，我不禁從錢包拿出零錢。

「等著，我馬上把你從那裡救出來。」

夾娃娃這種遊戲就是沒那麼容易夾到獎品，但出乎意料地，我一次就成功夾到了。

只是夾到這東西後該怎麼辦呢？我也不會把它掛在包包上之類……正當我想著這些事情的時候，絢奈回來了。於是我把鑰匙圈遞給她，好奇她會有什麼反應。

「欸，絢奈，我剛剛在夾娃娃機夾到這個，妳要嗎？」

「咦？啊，這是鑰匙圈嗎？」

想必她不要吧——我這麼想著，然而絢奈看著鑰匙圈，開心地臉上泛起微笑。

「好可愛！我可以收下嗎？」

「咦？啊，可以啊……」

這個可愛嗎？我抱著這樣的疑問，絢奈從我手中拿走了鑰匙圈。

「……呵呵♪這孩子的臉有點不好看呢，但是很可愛。謝謝你，斗和同學。」

看著絢奈把鑰匙圈放在胸前，我對她竟然會這麼開心感到驚訝，同時莫名覺得她的樣子再次給我一種懷念的感覺。

「……啊。」

就在我感到懷念的瞬間，似乎又在她身邊看到了小小的絢奈。

然而那果然只是我的錯覺，那個小絢奈又立刻消失了。不過，和絢奈一起遊玩的這個地方，我感受到了某些特別的事物也是事實……我是不至於打算經常帶絢奈來這裡，但我還想再感受這裡的氛圍，如果有時間，偶爾自己來也是不錯的選擇。

「……哦，那是……」

我看到的是一臺拍貼機。

基本上，這種遊樂場一定會有拍貼機，不過對我來說，包括前世在內，那是相當陌生的東西。

「我們去拍吧，斗和同學。」
一直盯著看就一定會被發現。在我回答之前，絢奈已經拉起我的手。
我們進到拍貼機後，絢奈非常熟練地操作著。
「妳很熟練嘛。」
「我常常和朋友一起來玩。是個喜歡把眼睛調得超級大，做許多加工的女生，結果每次都弄得像妖怪一樣。」
「哦～」
絢奈回憶著當時的事，看起來很開心。
這些相片確實都會經過加工，但是像絢奈這樣的美少女也會變得像妖怪嗎……這倒是讓人有些好奇。
「你想知道嗎？我拿給你看。」
絢奈把手伸進包包，拿出了一本小小的記事本。
翻開封面，我立刻看到她所說的照片，確實是可以被稱為妖怪的臉。
然而如果一直盯著看，那張臉倒是滿讓人上癮的。如果在情緒低落時看一看，感覺會開心起來。
「好，準備好了。斗和同學，請你站在我旁邊。」

「好。」

然後我們盡可能不做修飾加工，以真實的樣子拍了一些照片。

「這樣又多了一個回憶呢！」

「是啊。這就是拍貼啊～～」

一張張照片雖然很小，但它以有形的方式將不小的回憶保存下來。

我大概不會貼在任何地方，而是直接這樣收起來吧——我笑著這麼想。

「……已經滿晚了呢。」

「啊，真的耶……」

剛剛確認的時候是六點，當然又過了不少時間，所以我和絢奈立刻離開了遊樂場。

「……那個大叔，應該已經不在了吧。」

「怎麼了？」

「不，沒什麼。」

絢奈稍微望向遊樂場，但很快就走到我旁邊。

我想這段時間已經足以充當先前告訴修的購物行程了。我在覺得對不起修的同時，卻又因為和絢奈共享祕密的時間，不禁有些飄飄然。

她自然地牽起我的手，我握緊她的手，一起踏上歸途……就在途中。

我放在口袋裡的手機震動了，我暫時放開絢奈的手，拿起手機。是媽媽打來的電話。

「媽媽？」

『喂，斗和？我工作可能要多待一會。抱歉呀，晚餐看你要在外面吃還是自己做。』

「咦？好，我知道了」

『對不起喔，不過我應該今天晚上可以回去，就算時間晚了也別擔心。』

「知道了。加油喔，媽媽。」

「啊……呵呵，任何母親被兒子這樣鼓勵，肯定都會努力的啊。那麼掰掰啦♪」

通話就此結束。

感覺媽媽果然非常有活力——我這麼想著，似乎要開始煩惱晚餐該怎麼辦。

「話說絢奈，妳有聽到剛剛的電話嗎？」

「有，我全都聽到了。」

「也是啦。」

這麼近的距離，聲音應該是會被聽到吧。

也許因為如此，絢奈充滿自信地提出這樣的建議。

「斗和同學，我接下來可以去你家嗎？如果明美阿姨還沒要回家，我可以幫你做晚餐，還能預先做好明美阿姨的份。」

「咦？」

這真是讓人感激的提案。

我考慮了一會，決定同意絢奈的提議。

「那我們馬上走吧，斗和同學♪」

「喔，好……」

絢奈帶著今天最高昂的興致拉著我走，形成我被帶往自己家的狀況，算是一個奇妙的經驗……儘管覺得有點太匆促，我對絢奈的笑容果然沒轍啊。

第5章

「打擾了。」

「請進。」

結果，那之後我和絢奈就直接回家了。

因為已經過了五點就會天黑的季節，附近完全沒有他人的視線。絢奈馬上貼近我，緊緊抱住我的手臂。

我瞄了她一眼，瞥見她的臉頰微微泛紅，帶著快樂的微笑，我不禁說不出話，只能就這樣接受她的溫暖。

「我覺得對修有點過意不去，像這樣把妳帶回家。」

「請不要在意。修同學身邊有初音阿姨和琴音在。」

修的家人確實都非常愛他，正因為如此，他在家裡不太可能感到孤單。

（雖然他最渴望的對象還是絢奈吧。）

正因為明白這一點，我才會對修感到過意不去。

我確實覺得對他抱歉，但只要回想起剛才的情景，這種感覺就會立刻消失。

一想到如果那個時候我不在，如果絢奈被帶走，我就覺得胸口快要撕裂了。

「斗和同學。」

絢奈似乎看穿了我心中最壞的想像。

她露出柔和的表情凝視著我。

「我沒事喔。我可是比你所想的還要厲害！那種程度的男人，我也可以徹底收拾！」

「……啊哈哈，是嗎？」

她咻咻地揮拳的動作非常可愛。

即使絢奈真的具備足以擊敗那種男人的力量，我依然會保護她……無論是什麼樣的她，我肯定都會為了救她而行動。

「好了，那我就來做美味的料理吧！」

「麻煩妳了。有什麼我可以幫忙的——」

「斗和同學請放心休息，全都交給我吧。」

「……這樣啊。」

就我個人而言，這種時候總會感到有些困擾。

我並不像絢奈一樣擅長做料理，因此不幫忙反而不會引來多餘的麻煩。

但就算這樣，讓同班同學，還是跟我從小就很親近的女孩子一個人在廚房裡忙碌，我還是會感到不好意思。

「今天嘛……就來做炸白身魚和沙拉吧。也要準備一下味噌湯——」

儘管這裡是我家廚房，絢奈看起來好像對每個東西收在哪裡都非常熟悉，手腳俐落地進行作業。

她的動作熟練到讓人有種錯覺，彷彿有另一位母親在這裡。想來絢奈應該來過斗和家不少次了。

「……我真的幫不上忙呢。」

我一直在思考又冒出來的一個疑問，但看著絢奈的動作，感覺把一切都交給她會進行得更順利。

絢奈哼著歌開始正式烹飪，我苦笑著看著她，決定自己也要動起來做能做的事。

「料理就交給妳……不過如果有什麼可以幫忙的，記得告訴我。我去打掃浴室。」

「明白了。呵呵，斗和同學真是溫柔的人呢。」

「想幫忙是很正常的事啦。」

沒錯，我認為這樣做很正常。

我從廚房走到浴室開始打掃，媽媽在家時這個任務也是我負責的。

這並不足以表達我對她每天為我做美味飯菜的感激之情，但我希望能稍微為她減輕負擔的心意毫無虛假。

「如果這份心情也是斗和擁有的感情之一，那斗和該有多麼珍惜媽媽……有點希望有一天能問問他呢。」

到時候，我也必須為自己變成這副身體道歉。

「……好了，打掃、打掃！」

我喊出聲音，替差點要變得感傷的自己打氣，開始心無旁鶩地完成浴室的清潔工作。

回到客廳，料理離完成當然還要很久，但已經隱約散發出美味的香氣。

「好香的味道啊……」

「啊，打掃完了嗎？」

「是啊，浴缸正在放熱水。」

等一下只要在水注滿時再去看看就好了。

我若無其事地想和絢奈一起站在廚房，果不其然，她跟我說沒關係，希望我去休息。

「……好吧。」

「呵呵♪請不要露出那種表情。是這樣的，我希望斗和同學能好好品嚐我用愛所做的料理，所以請你忍耐一下。」

我勉強遵從絢奈的話，在沙發上坐了下來。

在那之後，直到飯菜做好，我一直看著絢奈做菜的樣子，對剛才的話心生疑惑，便不禁開口。

「絢奈啊。」

「什麼事？」

「………………」

我差點問出：「我們究竟是什麼關係？」最後還是吞回了這句話。

絢奈一直歪頭注視著我，但我搖頭表示沒什麼，她回了「是嗎」就回到煮飯的工作。

過了一段時間，絢奈的料理完成了。

「……喔喔！」

「來吧，請享用♪」

熱騰騰的白飯，配上炸白身魚和炸雞塊，還有沙拉跟味噌湯，某種意義上來說算是很普通的菜色，但我能深刻感受到其中蘊含的心意。

絢奈用期盼我趕快開動的表情看著我，於是我雙手合十。

「我開動了。」

我用筷子夾起一塊炸雞塊送進嘴裡後，就真的停不下來了。

一邊感受絢奈微笑看著我，我一口接一口把料理送進口中。

當然，每一口都細細品味，同時不忘感謝絢奈。

「好吃嗎？」

「嗯。真的很好吃。」

我也希望能說出更動人的評論，不過現在的我若被期待擁有豐富的詞彙也是挺困擾的。

好吃，真的好好吃。我享受著美味飯菜的同時，絢奈問了我這樣的問題。

「我做的料理和明美阿姨做的料理，哪邊比較好吃？」

「……咦？」

「一定要選一個，不能說差不多喔～」

「…………」

她問這是什麼壞心眼的問題，我停下了動作。

媽媽的料理和絢奈的料理，兩個當然都好吃到無法比較……絢奈卻刪掉了這個選項。

絢奈笑嘻嘻地等我回答。「饒了我吧。」我嘆了口氣。

「對不起，斗和同學。我有點為難你了呢。」

「不只是有點好嗎……」

「啊哈哈，斗和同學真可愛♪」

真的不只是有點的程度。於是我帶著怨氣瞪了她，但她依然笑嘻嘻的。

「……唉。」

看見那個笑容，我還是無法對絢奈說出什麼抱怨的話，覺得就連這樣的她也好可愛。我這麼想著，忍不住笑了出來。

我就這樣和絢奈一起度過了愉快的時光。晚餐結束後，我將媽媽的份放進冰箱，然後和絢奈一起洗碗。

「要是這樣的日子能一直持續下去就好了。」

「是啊……我就可以每天吃到最好吃的料理了。」

「我隨時都可以為你做喔。我和斗和同學，還有明美阿姨，永遠……」

「…………」

絢奈感觸良多地低語，就像在說出真心的願望。

難道她所說的世界，不只修和他的家人，就連她的母親也不包含在內嗎？

當我不禁有些在意，注視著絢奈的時候，手機通知有人來電。

「啊，我接一下。」

「好。是明美阿姨吧？」

「大概。」

也許是要跟我說她會比預計的還要晚回來吧？我擦乾手，拿起手機，上面顯示的是修的名字。

「……修？」

「是修同學嗎？」

我心裡想著他有什麼事，接起了電話。

「喂？」

『喂，你好，斗和。』

「嗯。」

在電話那頭，修的聲音一如往常，大概是已經不介意我們在放學後發生的事了。

我一想起當時軟弱無助的修，立刻感到一陣煩躁，但我決定努力不表露出來，等待修說話。

『絢奈好像還沒回家。我媽媽說她買完東西回家途中遇到朋友，被邀去一起吃晚餐。』

「喔。」

原來絢奈是這樣說的啊。

從這情況來看，絢奈沒有告訴家人她和我一起，而修也不知道這一點……那為什麼他要打電話給我？

『我在想……絢奈應該不在你那裡吧？』
「是啊。很遺憾，她不在我這裡。」
我在思考之前就這麼回答了。
我能感受到他在電話那頭鬆了口氣，反而讓我覺得有點舒暢。
自己還真是個討厭的人。修打電話來只是想確認這件事，之後便立刻結束通話。
「是問我的事嗎？」
「是啊。我說妳不在這裡後他就放心了。」
「哎呀♪」
絢奈用手掩著嘴，改變了氛圍。
她剛好洗完所有碗盤，擦了手，慢慢靠近我，然後抱住我。
她把臉埋在我胸前聞著我的氣味，然後抬起頭看著我。
「其實你可以說的。說現在我被你獨占♪」
「……不可能這樣說吧。」
絢奈到底有幾分認真呢？
當我凝視著仰望我的絢奈，彷彿有某個聲音在腦中低語，要我隨波逐流。
我努力想擺脫那股誘惑，便輕輕將手放在絢奈的肩上，和她分開。

「……唔～」

絢奈露出顯得不滿的表情，但我假裝沒注意到，輕輕嘆了口氣。

剛才我也說過，每次和絢奈獨處時，我都會覺得有個聲音在我腦海裡低語——要我奪走絢奈。

「…………」

我偷偷瞥了絢奈的臉。

她擁有我從未在他人身上見過的美貌，豐滿的身材十分誘人，而且性格也很好，非常溫柔，真的是很棒的女生。

不知為何，這麼棒的她總是像這樣對我示好，讓我不由自主地想要喜歡上她。

（……但是我做不到，原因一定是——）

我把她看作一個活生生的人類，和我一樣擁有意志的存在……當然這是理所當然的事。

「……好，總之今天謝謝妳，絢奈。」

「啊，不會不會。對我來說能和你待在一起真是太好了♪」

她的話語再次讓我的心充滿喜悅。

之後，為了送絢奈回家，我和她一起出門。

「有點冷呢。」

「因為是晚上嘛。等夏天越來越近，應該會漸漸變暖和吧。」

絢奈說會冷，於是我幾乎反射性地握緊她的手。

「因為妳說會冷嘛。」

絢奈睜大眼睛，盯著被握住的手一會，然後緊緊回握。

我們一起走在漆黑的路上，直到看到絢奈的家才道別。

「那麼，斗和同學，明天見。」

「嗯，明天見。」

我差點要伸手去拉轉過身的她。

到底是有多渴望她啊——我忍不住想對自己的身體埋怨。但顯然我自己也肯定在這短暫的時間裡被絢奈吸引了吧。

我要把故事導向修和絢奈在一起的快樂結局……虧我還得意洋洋地這麼說過。

「斗和同學。」

「咦？」

本以為絢奈已經轉身走掉，卻聽到她的聲音從很近的地方傳來。

絢奈將她的嘴唇覆上我的嘴唇，發出「啾」的一聲。

「嘿嘿嘿，我就收下這個當作今天做晚餐的回禮♪」

她露出淘氣的微笑，就這麼快步跑回家。

我呆呆地注視著她的背影，用手輕觸自己的嘴唇，明確感受到剛才的觸感是真實的。

「真麻煩啊……心跳的聲音太吵了。」

我把手放在胸前，心跳聲劇烈得讓人覺得吵。

這下子不曉得今晚能否安然入睡。我懷著這樣的煩惱回家。

▽▼

和絢奈接吻，這一刻深深烙印在我的記憶裡。

第二天，我擔心自己會因為緊張而無法與絢奈對視，然而實際上完全沒有這種情況。

一如往常，我和修、絢奈碰面後一起去學校。但見到絢奈時，她對我做出用手輕輕觸碰嘴唇的動作，彷彿要讓我回憶起昨天的事。

「……無論怎麼想，這個星期的我真的是太忙了。」

之前我對身為斗和一事早就有自覺，然而從這個星期開始，我才認真起來，決定面對這個世界。

絢奈也像在配合我似的接近我，同時我意識到除了我和絢奈，還有其他隱藏的事物。

「……真是的，想太多實在是個壞習慣。」

我搖了搖頭，暫時把煩惱拋諸腦後，注視著眼前面向我的相坂。

看著他清爽的平頭，我的心情莫名平靜下來。

「相坂。」

「幹嘛？」

「你的頭真是療癒啊。」

「你突然是怎麼了……」

我不禁伸出手，輕輕拍了拍相坂的頭。

儘管有那種平頭特有的粗糙觸感，但滿舒服的。我有些粗魯地摸了摸他的頭，然而他完全沒有生氣。

坐在對面的女生眼中閃爍著光芒看向我們這邊，讓我有點在意……拜託不要胡亂想像。

不知道那個女生是不是喜歡B和L合起來的東西。我一邊這麼想著，一邊問相坂這樣的問題。

「相坂，你有喜歡的人嗎？」

「你怎麼又這麼突然啊！喂！」

偶爾聊一些戀愛話題也沒關係吧。

雖然對於相坂這個角色，我沒有他出現在遊戲中的記憶，不過既然在這個世界交到了這個朋友，問這樣的問題應該不會被懲罰吧。

相坂聽了，臉紅了起來，讓我確信他有喜歡的人。

「好啦，我不會逼問你啦。所以是誰？」

「你說的話也太奇怪了吧？」

放心吧，我都懂。

我對白眼看著我的相坂苦笑。「等你想說的時候再告訴我吧。」我就這麼結束話題。

我本來打算就此作罷，不再追問，但相坂說他可以給我一些提示，於是我洗耳恭聽。

「……不是同年級的。」

「哦～～是學妹嗎？」

「…………」

原來如此，是學妹啊。

看到相坂露出害羞的神情，感覺還挺新鮮的。儘管我還想再多問一些，但決定先到此為止。

我不知道相坂喜歡的是哪個學妹，然而我希望至少他的戀情能有結果。

「我去一下廁所。」

「好喔～～」

我對相坂這麼說完，就朝洗手間走去。

我舒爽地輕輕呼出一口氣，離開廁所後，看到伊織抱著一個大紙箱走路。

（是學生會要用的東西嗎？她好像看不到路，我去幫她吧。）

伊織還是一如既往，散發出冷漠的氛圍。

我不是修，也不知道她對我有何看法。至少希望會因為我是絢奈的朋友而對我有一點好印象。

「會長。」

「？哎呀，雪代同學？」

她果然知道我的名字。

我先鬆了口氣，然後指著伊織手中的東西。

「那個，我可以幫妳拿。妳要拿去哪裡？」

「不用啦，這點小事。雖然我確實看不到地面，但也不至於那麼可憐——」

就像要即刻收回剛立的旗，伊織才剛說完就在沒有任何東西的地方絆到腳，差點摔倒。

而我撐住了她，免於摔倒。

才說完不需要幫忙就立刻出糗的伊織顯然覺得被我看到這一幕很丟臉，臉紅了起來。

（不愧是其中一個女角。這個人果然也有著非常漂亮的臉蛋啊。）

她同時具備凜然以及高冷的氣質，時而又展現出這樣害羞的表情。某種意義上來說，這也是伊織的一種魅力。

但是就像聯想遊戲一樣，只要看到她那冷靜的臉，就能想像她沉醉在快樂中的表情。那款遊戲真的是罪孽深重。

「……雖然有點不甘心，可以拜託你幫忙嗎？」

「沒問題。」

我從伊織那裡接過東西，邁開腳步。

當然，伊織也跟著我。正當我想說點什麼的時候，伊織先開口了。

「我也聽修同學和音無同學說過，原來如此，這就是你受喜歡的地方吧？」

我不知道修和絢奈是怎麼說我的，所以我歪著頭表示不清楚。

以我本人而言，這是我第一次和伊織交談，不過看這樣子，原本的斗和跟伊織應該也沒有講過話。

「會長妳滿中意修的吧？」

「對，沒錯。」

「妳覺得他平時給人什麼感覺？」

我問了一個有點拐彎抹角的問題，但伊織回答了我。

她突然收起冷漠的表情，露出美麗的微笑，彷彿一想到修就覺得開心。

「這個嘛……大概是給人可愛的印象吧。他也有可靠的一面，但不可靠的部分或許占得更多？」

「……妳覺得怎麼樣？」

「唔呵呵，實在不好說耶。不過因為音無同學，我才會認識修同學，他是我從未見過的類型，所以感覺很新鮮，這感想也占滿多的吧。」

「哦～～」

絢奈是伊織和修認識的契機，這件事我原本就知道了。

而且我也知道伊織之後會對修抱有明確的戀愛之情。一想到這裡，不禁讓我覺得修的主角威能真是強大。

「話說回來，一直在一起的音無同學真強啊。雖然是很久以後的事，她已經決定就讀附近的大學，似乎做好長期抗戰的準備了。」

「……大學。」

我想問「那妳選好要就讀的大學了嗎」，但是我記得在遊戲開始時，伊織就是附近大學的學生。

伊織擅於統整組織，這一點從她擔任學生會會長也看得出來，而且她的成績優秀，應該可以考上更好的大學……然而只因為有修在身邊這個原因，她刻意選擇就讀附近的大學，結果卻遭遇了那種事。

「那麼妳有選好要就讀的大學了嗎？」

我說出口後才驚覺。

我原本並不打算說什麼的，但一時鬼迷心竅，不由得凝視著她問了這個問題。

雖然預料她可能會對我說「真是囂張的學弟」或是「這跟你無關」，但伊織只是笑著。

「也是呢。就算再喜歡，也不需要限縮自己未來的可能性……我也明白。嗯，這種事果然還是應該認真思考呢。」

「……啊。」

看著這麼說的伊織，我驚覺地發出聲音。

我此刻徹底明白，我現在所生活的世界並不是遊戲本身，而是現實的世界。

正因為如此，即使本來應該順著既定的路線前進，因為我的介入，也有可能改變她們的未來吧？

我還不知道該如何行動，仍然有很多不明白的事，但至少我知道自己的聲音能夠傳達給她們……光是明白這一點就很重要了。

當然，伊織有可能認為我的話無關緊要，也有可能發揮改變路線的力量……即便如此，能抱著「或許可以做些什麼」的希望就已經是一大步了。

「謝謝你，雪代同學。」

「哪裡，那我先走了。」

「好。真的很謝謝你。」

之後，順利將東西送到學生會室。

我與伊織分開後回到教室。「你很慢耶。」相坂才這麼對我說完，下一節課的老師正好走進來。

說懶散也許有點不尊重老師，但我就帶著這種心情上課，時間就這樣過去了。

「這一題，佐佐木，你來解解看。」

「……我不會。」

「這樣啊，那麼音無。」

「好的。」

老師點名作答，因為修解不出來，絢奈代替他站在黑板前解題。

她輕鬆俐落地寫出答案，正確無誤，老師滿意地點點頭。

「真不愧是音無，妳可以回座位了。」

「謝謝老師。」

這樣一看，我真切感受到修和絢奈形成的強烈對比。

不可靠的男主角和可靠的女主角，這種在漫畫或小說中常見的情節，一旦來到現實中卻有著如此大的差異。

「呼啊……」

好睏。雖然很睏，但為了未來，我不能忽視學業。

即使這個身體不屬於我，現在我就是斗和，因此有必要承擔起責任。

在這樣的狀態下上課，時間過得很快，來到了放學時間。

今天修一樣立刻被一放學就現身的伊織帶走。但修當時說我們可以先走，所以我跟絢奈立刻離開學校了。

「今天要去哪裡嗎？」

「不，我打算直接回家。絢奈妳有什麼計畫嗎？」

「沒有，只要和你一起，怎樣都好。」

絢奈這麼說著，把我的手臂抱在胸前。

（我一直被她牽著鼻子走啊。）

很明顯地，我和絢奈之間有著特別的關係。

雖然我想了解更多，但我沒有對絢奈採取任何明確的行動。

這肯定是因為我對現狀感到很舒服自在吧。

像這樣，我和絢奈的距離靠近的瞬間，只要修不在，周圍也沒有認識的人，我就覺得和絢奈在一起非常開心。

「……我說絢奈──」

「怎麼了？」

她那讓我感覺可以告訴她任何事的視線射穿了我。

不如就跟她一起隨波逐流算了，不去在意周圍的事情，不去思考複雜的問題，只要單純享受她給予的一切──有個聲音這樣說著。

就是啊，這樣也不錯……就在我開始產生這樣的想法時──

「……咦？」

「怎麼了……啊！」

那是一個偶然看到的景象。

我們現在走在街上的人行道，附近的馬路上車輛來來往往。

在這樣的情況下，有一個小女孩在行人穿越道的這一頭朝對面揮手。

（……怎麼回事？）

看上去就是平常可以看到的景象。

可能是她的朋友吧，小女孩朝那群人揮著手，而我無法從她身上移開目光。

這種感覺像是一種不祥的預感，很快成了最壞的現實。

「喂！」

「危險！」

我和絢奈幾乎同時喊出聲。

行人號誌明明還是亮紅燈，那個小女孩卻開始朝對面走去。

看見這一幕的瞬間，我丟下絢奈，立刻衝了過去。

「啊，等等，斗和同學！」

我聽到了絢奈的聲音，但我沒有停下來。

周圍的人也逐漸意識到異狀，但已經太遲了，一輛車朝著那個小女孩駛來。

緊接著響起的喇叭聲讓小女孩驚愕地停下腳步，卻無法避開。

「唔……該死！」

此時，我拚命想救那個小女孩。

我不在乎自己的安危，甚至沒有時間去考慮這些。我竭力趕到她身邊，抱住了她嬌小的身軀。

『修！』

「唔！」

在我抱住那個小女孩的瞬間，腦海裡浮現出不可思議的景象。

我朝茫然的修伸出手，然後——

「……唔。」

我聽到了汽車的喇叭聲和急剎聲，即使閉著眼睛也能感受到周圍騷動不已，但我沒有餘力去思考剛才看到的究竟是什麼。

「你、你們沒事吧？」

司機匆忙地從車上下來，對我們喊道。

我原本以為他會罵我們，但他看起來是個非常友善的人，似乎也理解了情況，很真誠地關心我們，並且放下心來。

場面一度很混亂，不過由於大家都平安無事，並沒有發生什麼重大事故，人群便逐漸散去。

「要小心點啊。」

「唔，嗯……謝謝大哥哥！」

「嗯。」

要是她的家長在附近，肯定會狠狠訓斥她吧。我邊苦笑邊這麼想著。

「總之，真是幸好。真的。」

還好沒事——我安心地走回絢奈身旁。

然而，我此時才終於意識到事情的嚴重性。

「……絢奈？」

「斗和同學……你沒事，對吧？沒受傷……對吧？」

絢奈抱住我，斗大的淚珠不斷落下。

確實，只要稍有差池就危險了，對於讓絢奈擔心我感到很抱歉。不過老實說，絢奈的狀態不太正常。

「還活著……你還活著。你沒受傷……再也不要……再也不要發生那種事了……斗和同學……斗和同學、斗和同學、斗和同學！」

她抱著我，把臉埋在我的胸前，持續喃喃自語。

我們也不能一直待在這個地方，我便把手放在絢奈的肩膀上，讓她暫時和我分開，然後邁開步伐。

本來我並沒有特定的目的地，但為了讓絢奈平靜下來，我決定先回家。因為她的狀態實在太奇怪了。

「…………」

絢奈仍然抱著我的手臂，一句話也沒說，我無法看見低著頭的她究竟是什麼表情。

結果我們維持這樣的狀態，直到回到家，進我的房間後，絢奈才終於冷靜下來，可以開口說話了。

「對不起，突然哭成那樣。」

「不，沒關係。是因為我讓妳擔心才會……」

當然我也不覺得去救那個小女孩是錯的。

然而，我知道絢奈變成這樣是我造成的，而且最糟糕的是在那時候我什麼也沒考慮。

（……我覺得幫助別人是好事，但我沒有考慮到自己……在一個會為我如此悲傷的女生面前，我——）

如果那輛車沒有停下來，我可能會讓絢奈看到最糟糕的一幕。更重要的是，有可能會讓一直以來都很擔心我……很擔心斗和的媽媽極度悲傷。

「……真的很對不起。」

我抱緊仍在顫抖的絢奈，她也用手臂環抱住我的背，彷彿在尋求安心。

（……嗯，這樣做真的能夠冷靜下來啊。）

甚至感覺這個世界上只有她，只有絢奈存在。

我感受著這般舒適，同時意識到有很多令人在意的情報出現了。

（那時候我看到的畫面……斗和試圖幫助修，還有絢奈所說的話到底是什麼意思？）

當我靜靜地思考著這些，胸前突然傳來聲音。

「……我還以為斗和同學要離開了。」

她的聲音像是在壓抑痛苦，我細細地聆聽著。

她抬起頭，眼睛周圍紅腫，眼睛也明顯充血。我清楚看到自己使這個女生如此傷心。

絢奈繼續說著：

「對我來說，斗和同學比任何人都重要。一直以來，你牽著我這個只是照著別人說的話而活的人，教會了我很多事情……你是我非常喜歡、非常喜歡，喜歡到無法自拔的人！」

「……絢奈。」

我聽了絢奈說喜歡我，緊抱著她的手加重力道。

她傳達愛意的對象是斗和，而非我，但我的身體像是自動回應她的話，彷彿她是在對我說似的。

就好像我的靈魂和斗和的靈魂重疊在一起，我感覺到心中產生了某些情感，以至於有一種錯覺，以為自己一開始就是斗和。

在那之後，我緊緊擁抱絢奈一段時間。她終於恢復平常的狀態，和我分開來。

「對不起，斗和同學。不過我已經沒事了。」

「這樣啊，那就好。」

我本能地伸出手撫摸絢奈的頭。

順滑的黑髮觸感很好，讓我不禁希望能一直這樣下去，覺得絢奈極為惹人憐愛。

「……不知怎地，這樣的情景讓我想起了過去。」

「過去？」

「是的。那個……雖然那時和現在的情況完全不同，我想起了當時發現哭泣的我並向我搭話的斗和同學。」

於是，絢奈開始說了。

這是關於斗和與絢奈初次相遇的故事，在遊戲中沒有被提到，沒有任何人知道。絢奈懷念地開始對我訴說。

第6章

我，音無絢奈，有一個從小就經常與我待在一起的青梅竹馬。

他的名字叫佐佐木修，是個總是跟在我後面到處跑的男生。

由於我們的母親關係很好，不久我和修也就成為了好朋友。

『絢奈，我們一起玩吧！』

『嗯，好啊！』

當時我覺得跟在我身後的修很可愛，覺得自己要是有一個弟弟，大概就是這種感覺吧。

意外地早在小學時，我就開始意識到我與媽媽，以及修和他的家人……我們之間的世界非常狹小。

我並不討厭照顧修同學，如果沒有其他安排，我對於照顧他已經習以為常，也並不在意

——但是，這種情況不能一直持續下去。

『妳要去哪裡啊？不行啦，今天已經跟修的媽媽說好要讓妳過去了啊。』

『咦？但是我已經答應要和朋友去玩了……』

『那個就延到下次吧。身為青梅竹馬的修比較重要吧？』
『可是……』
『明白了嗎？』
『……好。』
正因為沒有特別安排，我才和朋友約好要一起玩。
但是媽媽要我取消計畫，去找修同學。最終，我無法違抗她的指示。
幸虧朋友笑著跟我說這也沒辦法，但我內心真的感到很抱歉。
『……青梅竹馬究竟是什麼呢？』
我在小學的時候就有了這樣的疑問。
周圍的人常常說我比一般小孩成長得快，現在回想起來，或許確實是如此。
而就是從這個時候開始……我對於青梅竹馬這個存在產生了疑問。
『絢奈是修的青梅竹馬，所以要優先顧慮到他。』
『修是個好孩子吧？絢奈也應該和他好好相處啊。』
每天不論做什麼事，都是去修同學家度過，和他以及他的妹妹相處，然後回到自己家，一天就這樣結束。
上學的日子，我會去他家叫醒他，然後一起去學校。

仔細想想，這些事情只不過是我聽從母親的話，什麼也沒思考就乖乖照做。

『有絢奈在真是太好了。妳要不要成為我們家修的妻子呢？』

『絢奈姊姊，就這麼做嘛！成為哥哥的妻子吧！』

『喂，妳們兩個不要亂說啦！』

他們在我面前和樂融融，媽媽也加入其中，開心地描繪對未來的想像。我情緒有些低落地看著那個畫面。

『……我……』

無論做什麼事，總是修、修地說個不停的媽媽讓我感到厭煩。

看著照顧修同學的我，他的媽媽和妹妹無謂的讚美也讓我鬱悶……最重要的是，就連不久前還覺得可愛的修同學，現在也開始覺得他礙事了。

沒錯，我開始覺得自己身邊的所有人都讓我感到噁心。

『我究竟是什麼呢……我到底是什麼？』

我到底是誰？我很想對著某個人這麼大喊出來。

我想要有人告訴我……我，音無絢奈這個存在到底是什麼？我好想問，不管誰都好。

但是年幼的我只能把這些憋在心裡，不知不覺中，我開始對他們露出虛偽的笑容。

『和絢奈一起很開心呢！』

『這樣啊，我也是喔。』
『絢奈姊姊，也和我一起玩吧！』
『嗯。我們要做些什麼呢？』
『絢奈，妳已經在學做菜了嗎？好厲害啊。』
『謝謝誇獎。』
當與他們相處時，我開始將自己視為別人，這樣的思考方式讓我感到輕鬆。因為這麼一來，我這個個體不存在，就不需要思考多餘的事，只要扮演他們期望中的音無絢奈就好。
只要順從他們的要求，不違逆他們，就不會被抱怨。
只有我才能理解自己真正的想法，像這樣透過在內心和外表之間築起一道牆，就沒有人能夠進入我心裡……我的世界便得以被保護。
『我超級喜歡那本漫畫的耶！』
『嗯、嗯！超級有趣！』
『好希望身邊有個那樣帥氣的男生喔！』
『是叫青梅竹馬嗎？感覺超棒的！』
當時，有一套我已經忘記書名的少女漫畫很受歡迎。

是關於和從小一起長大的男生展開的戀愛劇情，又酸又甜，讓人心跳不已，有時克服痛苦的經歷，最終兩人順利在一起。我的朋友常常和我提起這樣引人入勝的故事。

『這樣啊。聽起來很有趣呢。』

『是吧！下次我也借妳看吧！』

結果後來我沒有從朋友那裡借到漫畫，但對我來說那樣更好——因為我對她們談論的漫畫內容沒有任何感覺。

『……青梅竹馬才不是什麼好東西。』

我討厭描寫和青梅竹馬戀愛的漫畫。

在我眼中，只是為了青梅竹馬付出的異性就像沒有意志的人偶，不過是在執行被設定好的動作罷了。對於大家喜歡的帥氣青梅竹馬，我沒有絲毫好感。

假如讀到這種類型的故事，我甚至會扭曲地想：劇中的人也許是在小時候被洗腦去喜歡青梅竹馬了吧。

『青梅竹馬到底是什麼呢？』

這對我來說是一個持續存在的問題。

在這樣的日子裡，我唯一能說的是……對我來說，青梅竹馬本身就是一個「詛咒」。

然而，在這樣的日子裡，我也有忍耐達到極限的一天。

『絢奈，今天妳也去修的家——』

『不要！我不要再聽媽媽的話了！』

『絢奈？』

我試圖保持冷漠，以為自己可以築起內心的牆，就這麼生活下去。

然而，我的心並不像我以為的那樣堅強。當我也不在乎媽媽是否會生氣時，我第一次反抗了。

我哭著逃離後，前往的地方是附近的公園。我想大概是因為一個人去遠處的話還是會感到害怕吧。

『嗚嗚……我……我討厭這樣……我……我！』

我獨自坐在鞦韆上，不斷哭泣。

就算一直這樣哭著，淚水很快也會哭乾，自然而然得回到他們身邊……我的小小抵抗只存在於這個時刻，只能繼續接受日復一日的生活。一想到這裡，我的心情再次變得低落。

『妳一個人在做什麼？眼睛超紅的耶……妳在哭嗎！』

然而，那一天與平常不同。

對我而言，那一天成為了徹底改變我人生的轉捩點，成為了我無法忘懷的日子。

『呃……這種情況該怎麼辦才好啊？』

在我以為一切都不會有改變的世界中，一道耀眼的光芒穿透進來。

沒錯，是你……是斗和同學你出現在我的面前。

『……你是……嗚嗚！』

『不要哭啦！那個……唔啊～～～～～！』

這就是我和斗和同學的初次相遇，我想當時的我一定讓斗和同學感到很困擾。

在這個沒有其他人的公園裡，斗和同學因為看到一個獨自哭泣的女孩，於是向她搭話表示關心，結果她卻哭得更厲害，這一定讓他很困擾吧。

『我想想……這種時候應該這麼做！』

『……啊。』

斗和同學笨拙地摸了摸不斷哭泣的我的頭。

他不知道該怎麼辦，於是用好不容易想到的方法試圖安撫我。他的這份心意確實傳達給我了，我在感到驚訝的同時自然停止了哭泣。

『發生了什麼事？』

『……其實……』

我坦率地講述發生的事情。

這對斗和同學來說肯定是困難的事。說起來，向同齡的他商量這種事情本身就很殘酷。

斗和同學聽完我的話，面有難色地交叉雙臂，「嗯、嗯」地應聲。

『……還真難啊～～』

我想也是——現在回想起那一刻會讓人忍不住苦笑，但那時的我還只是個小孩子，所以忍不住又要哭起來。

看到我再次淚眼汪汪，斗和同學非常慌張地四處張望，想著能不能做些什麼。

然後他看到了一個東西，發出「啊」的一聲。那是他進公園時腳上踢著的足球。

『欸，妳看一下。』

『咦？』

斗和同學這麼說著，開始挑球。

我也有看電視，所以知道斗和同學正在做的是保持讓球不落地的技巧。

然而我充其量只是在電視上看過名人做這個動作，從來沒有像這樣近距離看過。

『嘿！喝！看招！』

『哇！好厲害、好厲害！』

儘管我不太懂足球，但是在我眼中，斗和同學正在做的事情非常厲害，也知道他是努力想讓我打起精神，所以我很高興。

在接下來的一段時間裡，斗和同學都沒有讓球落地，最後擺出帥氣的姿勢結束時，我情不自禁地鼓掌。

『好帥！太厲害了！』

『啊哈哈，謝謝！但是和成年人比，這沒什麼了不起啦。』

『才不會呢！真的太帥了！』

『……嘿嘿，謝謝！』

現在回想，那是我第一次和修以外的男生說那麼多話。

不同於平常生活的新鮮感充斥我的內心，某些無法用言語表達的情緒填滿我的心靈。

『我接下來要去一個地方，一起去怎麼樣？』

『嗯！我想去！』

對於斗和同學的提議，我點了頭，已經不再想修同學或媽媽的事了。

斗和同學牽著我的手帶我去許多地方，最讓我印象深刻的還是遊樂場。

『大叔，我來了！』

『打、打擾了……！』

『嗨，斗和小弟弟，怎麼？這你女朋友嗎？』

管理遊樂場的大叔好像是斗和同學的朋友，從見面的那一刻起，他們就互相鬥嘴、開著玩笑，感覺關係非常好。

兩人就像父子一般輕鬆自在，而他們的對話比我想像的還要有趣，讓我笑個不停。

『大叔你太蠢了，才會被笑啦。』

『我才不想被你這小子說蠢呢！』

『我媽也說你蠢喔。』

『明美好過分！』

『呵呵……啊哈哈！』

他們的互動真的非常合拍。

斗和同學調侃，而大叔做出反應，我在一旁笑出來後，大叔不好意思地臉紅……真的好開心。

『……有各種不同的東西呢！』

遊樂場對我來說是個未知的地方。

也許像我這樣的小學生，尤其是女生，很少會來這樣的地方吧。

雖然有很多我不懂的東西，但斗和同學告訴我各式各樣的事情，就這樣盡情地玩了大約一個小時。

『……啊。』

然而，這樣愉快的時光也要結束了。

我看著牆上的時鐘，覺得差不多該回去了，於是告訴斗和同學。

然後斗和同學說作為帶著我跑了那麼多地方的補償，要送我回家。

『……好溫暖。』

斗和同學再次握住我的手。他手中傳遞給我的溫暖，讓我任性地不想放開。

『……唔。』

這個時候，我也才意識到自己因為他手中傳來的溫暖而心跳加速。

很快就要到家了。這時，斗和同學從懷裡拿出一個東西遞給我。

那是熊的鑰匙圈……這麼說可能不太好，但那是一隻長得滿醜的熊。

『這個，是剛才妳玩遊戲玩得入迷的時候我夾到的。不要的話可以丟掉啦。』

『我不會丟掉的！』

我接過他遞給我的鑰匙圈，把它抱在胸前。

我並不是第一次像這樣收到禮物，但是從斗和同學那裡收到的禮物比過去收到的任何東西都更讓我感覺溫暖。

『謝謝你，斗和同學！』

『……嗯。』

害羞地搔著臉頰的斗和同學非常可愛。看著他，我也感到怦然心動。

想到與初次見面的他在一起的時間就快要結束，我感到非常不捨，希望這段時光能一直繼續下去，但這是不可能的事情。

『……唔。』

媽媽他們慌張地站在我家門口。

我想他們應該是在找我，然而如果我現在走向那裡，肯定會被罵……對於無法邁出步伐的我，斗和同學再次輕輕握住我的手。

『不用擔心啦，我們走吧。』

『……嗯。』

斗和同學對我笑著說別擔心。我對他點了頭，走向媽媽他們。

修同學和琴音一見到我就馬上衝過來，媽媽她們看到也連忙跟在後面。

『對不起，我不小心帶著絢奈到處跑了。因為和她一起玩非常開心。』

斗和同學這麼說，解釋情況。

其實全都是我的錯，斗和同學的說法卻好像在說錯在他身上。媽媽她們似乎認為是斗和同學害我不見，於是瞪著他。

『不、不是那樣——』

我試圖大聲否定，但被斗和同學制止了。

斗和同學再次小聲地對我說不用擔心，然後坦然面對比他年長許多的媽媽。

或許是媽媽她們也沒有打算對身為小學生的斗和同學大聲斥責，所以當時什麼也沒說，但回到家後，媽媽嘮叨地唸我，要我再也別跟斗和同學見面，不要再和他玩了。

『斗和同學……真的好帥呢，熊吉。』

斗和同學在媽媽面前包庇我的時候，我真的覺得他好帥氣。

我一邊摸著斗和同學給我的鑰匙圈，一邊回想今天的相遇，以一種不同於以往的心情結束這一天。

修同學和琴音似乎在說些什麼，但我的心仍然感到雀躍。

『斗和同學，我們下次什麼時候能見面呢？』

沒有說好怎麼見面、在哪裡見面，我和斗和同學就這樣分開了。

或許再也見不到斗和同學了吧。我也這樣擔心過，但那只是杞人憂天。

『咦？絢奈？』

『斗和同學！』

原來我們居然就讀同一所小學。

沒錯，我和斗和同學的故事從這裡開始，並將持續很長很長的時間。

修同學也加入其中，我們總是三個人在一起。

▼
▽

從絢奈口中得知她的過去，那些全是我不知道的事情。

對絢奈而言，從小到現在與修以及他的家人度過的時光，甚至連她母親也強硬地要求她如此，那樣的世界究竟是多麼狹隘。

「對不起，突然說了這麼多以前的事情。明明這些事你大致也都知道。」

「也……是啊。」

原來是這樣，但不可思議的是我並沒有嚇到。

雖然我對她說的故事感到驚訝，腦袋卻很自然地接受了這些情報。

就好像我的內心擅自覺得事情就是那樣，接受了事實，並認為自己從一開始就知道這些事情。

（……？這是……）

聽著絢奈的故事，並且在聽完後緊緊抱著她的現在，我的腦海中出現了某個記憶。

那是剛剛絢奈講述的事情。與絢奈的相遇，在我腦中清晰地浮現。

「……是啊，沒錯。確實是這樣。」

雖然是突然復甦的記憶，那也逐漸轉變成我人生經驗的一部分。

這些記憶明明是屬於別人的，卻變成了我的記憶，彷彿它們原本就屬於我。

「斗和同學，你怎麼了嗎？」

我就是我，但如同剛才說過的，我確實感覺到自己和斗和有某種連結。

或許因為這樣，我產生了比以往更想保護絢奈的想法。

我希望能一直看著她在我身邊，像現在一樣笑著。這是我發自內心的期望。

「絢奈。」

我觸碰她的臉頰。

我不知道自己為何會這樣做。而她看著我觸碰她臉頰的手，像在期待什麼般眼眶濕潤。

「……我……」

「咦？」

坦白說，我以前一直只把她們當作遊戲中的角色……不，即使是現在也還有一點。

但我意識到像這樣擁有自我意志而行動的人不只有我，她們和我沒什麼不同，一樣是生活在這個世界上的人類。

「……絢奈妳……」

「怎麼了？」

「真的是個可愛的女生呢。」

「……什麼呀？」

表情不斷變換的她真的很可愛。

雖然是理所當然，從我玩遊戲的時候她就是我最喜歡的角色了。而當我再次看到音無絢奈這個女生，這樣的感想又自然而然浮現。

（……我並不是為了尋找轉生到這個世界的意義才這麼說的。但是現在，我想做的只有一件事，就是不讓她……不讓絢奈哭泣。）

我一直在思考自己轉生到這個世界的意義。

我覺得應該有什麼意義存在，但我深信如果繼續這樣下去，必將重蹈那個遊戲結局的覆轍，所以我想將故事導向另一個幸福的結局。

（我是雪代斗和……但是，我不僅僅是構建這個世界的角色，所以我要做自己想做的事。我想用這雙手保護我想守護的存在，我希望絢奈能一直笑著。）

然後，還有一件事……如果可以說任性的話……我希望能待在這個女生身邊。

「……這樣啊。」

這麼想起來，這可能是我第一次如此強烈地希望自己能待在這個女生身邊。

當然，也許在某種程度上也是因為受到斗和的意識影響，但是我現在是第一次真心希望自己能待在這個女生身邊。

我們凝視著彼此片刻。我想讓自己冷靜一下，於是打算去冰箱拿飲料。

「……哎呀。」

然而，我似乎因為一直維持相同的姿勢，加上面對了自己的想法而突然放鬆下來。

我本想站起來，卻笨拙地失去平衡而摔倒，就這樣壓在絢奈身上。

「對、對不起，絢奈……！」

我立刻道歉並確認她是否有受傷。然而當我感受到右手的觸感時，思緒停止了。

我的手掌感受到的是既柔軟又溫暖的感覺……沒錯，我的右手就在絢奈豐滿的胸前。

「……斗和同學。」

「唔……」

我想移開手，我的手卻不肯從絢奈的胸部離開。

當我的手就這樣碰觸著她的胸部時，甚至能感受到她心臟的跳動，撲通、撲通地傳到我的手掌。

或許在這樣的情況下想這件事有點奇怪，此時這讓我感覺到她確實是活著的。

「絢奈，我想要妳。」

我說完這句話後大吃一驚。

這不是意外撲倒她後應該說的話。我試圖改口表示自己說錯話並離開她，但……我還是不想離開她。

絢奈直到剛剛都還紅著臉，表現出與平常不同的樣子。然而在聽到我說的話以後，她手腳並用，朝我抱了過來。

「可以喔，斗和同學。現在就別想太多，請你想對我幹嘛就幹嘛。」

絢奈說出這番話時的表情非常性感。

那表情確實能勾起男性的情慾，也著實蘊含了彷彿能溫柔地無條件包容一切的包容力。

我靠近靜靜凝視著我的絢奈，輕輕地親吻她柔軟的嘴脣。

「……嗯……啾……」

我無法回想起前世是如何，不過對現在的我而言，這絕對是第一次接吻。

除了柔軟的觸感，還有一點鹹鹹的味道，這肯定是因為絢奈剛才一直在哭吧。

「是因為哭過才有一點鹹鹹的嗎？」

「唔……畢竟發生了那樣的事。是斗和同學惹我哭的，所以你要負責♪」

絢奈說出「你要負責」這句話阻斷了我逃避的可能，我便對她苦笑。

說實話，我還有很多需要了解的事，而且我和絢奈之間還有很多隱藏的緣由。

即使如此，此刻我只想愛著眼前的女孩。

在心中滿溢的愛意驅使下，同時跟隨著自己想要守護她的情感，我與絢奈身體交疊。
一段時間過去後，我們理所當然地裸身抱在一起。
「……呵呵。」
「怎麼了？」
「沒什麼，只是覺得我果然很喜歡這樣。」
我撫摸笑著的絢奈的頭。
看著她舒服地瞇起眼睛的表情，總覺得好像貓。我心中產生了這種想法。
「絢奈，總覺得妳有點像貓呢。」
「貓嗎？喵～～♪」
「唔……」
「啊，該不會奏效了吧？發現新的開拓地了嗎？」
「拜託別說什麼開拓地。」
絢奈笑容滿面，情緒非常高昂。不過我自己也一樣——我苦笑著這麼心想。
「明美阿姨還沒回來呢。」
「她有說今天會晚點回來，大概還要一個小時左右吧。」
「是嗎？那我們還可以再這樣多待一會呢。」

絢奈說著，又把臉埋向我的胸前。

然而……當我重新看向絢奈的裸體時，再次感受到她的身材真的同時兼具美麗與性感。我內心有著這樣坦率的感想。

我們繼續相擁了一陣子，但因為接下來媽媽隨時都會回來，我們決定穿上衣服等待。

「斗和同學。」

「怎麼了？」

就在我們兩人悠閒度過的時候，絢奈突然問了我這個問題。

「你能盡可能說出所有對我的稱呼方式嗎？」

「咦？……這個嘛……」

我對這個與其說意味深長，不如說是不太理解的問題感到困惑。不過我還是遵從她的要求，試著說出對她的稱呼。

「絢奈……絢奈同學……絢奈……親愛的？」

「……噗呵！」

「不要笑啦！」

我承認「親愛的」有點奇怪，但有什麼好笑的啊！

絢奈道了歉，但肩膀仍不停顫抖，顯然我說的話戳到了她的笑點。

她笑得比我以為的還要誇張，讓我幾乎快要鬧起彆扭。此時絢奈牽起我的手，繼續說：

「斗和同學，你從以前就是這樣。你絕對不會叫我『喂』對吧？這可能只是我自以為是，但單單一個稱呼就能讓我感到被珍惜，讓我感到幸福。」

「啊～～……不是啊，對女生叫『喂』實在不太行吧？」

除非是彼此的關係非常糟糕，否則對像絢奈這樣親近的女生用「喂」這種叫法實在不妥當。

「之前我也問過類似的問題……呵呵，斗和同學果然都沒變，總是這麼溫柔……我一直都最喜歡這樣溫柔的斗和同學了。」

絢奈說著，在我的臉頰上親了一下。

她剛剛的問題似乎沒有特別深遠的涵義，然而我的回答能得到絢奈這樣的回應，還是讓我很開心。

讓我再享受這份餘韻一會吧。

一邊感受著近在咫尺的她的存在。

▼
▽
「……？」
「怎麼了？」
課堂結束的放學後，我又在幫忙伊織學姊工作。
就在工作快結束時，我有一種無法言喻的感覺，卻始終不知道那具體是什麼。
伊織學姊疑惑地看著我，但隨即把視線移開，專注投入在剩下的工作中。
我們持續了一段沉默的時間，各自完成了今天的工作。
「呼～～辛苦了，修同學。」
「哪裡哪裡，妳才辛苦了，伊織學姊。」
「……呵呵♪」
我這麼說，不知為何伊織學姊開心地笑了。
她總是笑得那麼漂亮。當我這樣想的時候，伊織學姊直視我的臉，說了這樣的話。
「每次我叫你修同學，你都會露出嫌麻煩的表情。一旦工作開始，你又會專注地幫我到最後呢。我覺得這樣的你很棒喔。」

「……謝謝誇獎。」

她稱讚我很棒的時候，我感覺到臉頰熱了起來。

實際上，確實如她所說，我覺得麻煩，但對於她拜託我幫忙這件事並不討厭……反而感到開心。正因為如此，我希望能對她的期望有所回應。

（……雖然一部分是因為優越感啦。）

伊織學姊身為這所學校中美麗的學生會會長，受到許多學生崇拜。

有很多女生崇拜她是理所當然，而我也聽她本人說過，她有多次被男生告白。

在許多人傾慕伊織學姊的情況下，她卻來尋求我的幫助，讓我有一股優越感。

「我們今天該回家了。」

「知道了。」

我和伊織學姊一起離開學生會室，朝鞋櫃區走去。

周圍已經暗了下來，校內只剩下在外面進行社團活動的學生和留在辦公室的老師。

絢奈與斗和應該已經回家，所以今天我又是一個人。

「修同學，機會難得，要不要牽手呢？」

「……咦？」

為什麼？在我冒出疑問之前，我的手就被她握住了。

伊織學姊握著我的手，凝視著我的眼神讓我承受不住。我趕緊移開視線，她見狀卻咯咯笑了起來。

這個人總是這樣……讓我困擾。雖然讓我困擾……我並不討厭她對待我的方式。

「心跳加速了嗎？」

「唔……」

「呵呵，這樣的話，表示我也有機會嗎？」

伊織學姊也總是會說出這種讓人心跳加速的話。

老實說，我不明白為什麼像我這樣的人會受到伊織學姊的喜愛。我和伊織學姊這樣美麗的人根本不相稱。

曾經有一次，我問她為什麼會這麼關心我，而她是這麼回答的。

『如果你願意和我交往，我就告訴你。你怎麼想？』

我和伊織學姊交往？這句話當然讓我心動，但從她的態度看來，這絕對只是個玩笑，所以我回答「那就算了吧」。我還記得這件事。

（無論我怎麼努力，終究只是個普通人……沒有任何優點。）

雖然斗和常常叫我不要自卑，然而我這種個性，除非發生了什麼不得了的大事，否則很難改變。

我有意識到對自己的評價低落或是太看輕自己，但因為我一直以來都是這樣，並不是輕易就能改變的。

（伊織學姊確實很美……但我喜歡絢奈，我喜歡一直在我身邊的她。所以，我無法和伊織學姊建立那種關係。）

畢竟我也是個男人，有時候會受到伊織學姊甜言蜜語的影響。但我還是喜歡絢奈。

所以唯有這一點我絕不會妥協。她一直陪在我身邊，今後我要讓她幸福……沒錯！我要讓她幸福！

「伊織學姊，我們快點走吧。」

「好的。」

一想起絢奈，我就突然非常想見她。

回家前先去絢奈家一趟看看吧。正當我這麼想著的時候，身後傳來不是我或伊織學姊的聲音。

「啊，修學長！」

「咦？真理？」

「果然是修學長！」

叫著我的名字跑上前的人是學妹真理。

相較於成熟的伊織學姊，真理的外型有點男孩子氣且身材纖瘦，是個更常被說可愛而非美麗的女生。

「學長姊也要回家了嗎？方便的話能一起走嗎？」

「可以啊。修同學也可以吧？」

「是的。一起回家吧，真理。」

「好的！」

真理開心且充滿精神地回答，走到我旁邊。她抓住了我的手臂，突然拉近距離。

真理表現出害羞的同時開心地笑著。伊織學姊就像要和她對抗似的，放開原本握著的手，轉而抱住我的手臂，與我的距離拉得更近了。

（……好柔軟。）

偏小尺寸的觸感與大尺寸的觸感，讓我快露出色瞇瞇的表情。

彷彿最小限度的抵抗，我努力掩飾自己的表情，用盡全力假裝若無其事。

「內田同學，妳的距離會不會有點太近了呢？」

「本条學姊才是，會不會太靠近了？請離遠一點。」

她們彷彿在爭奪我，互相牽制。若被其他人看到這樣的場面會有什麼想法，我一想到就擔心不已。

如果絢奈看到這個瞬間可能會產生誤會，唯有此刻，我對她不在身邊這件事感到慶幸。

「妳們兩個人都是，希望不要夾著我爭吵……」

「……也是啊。」

「也對呢。」

我這麼說完，兩人都停止了爭吵。

不僅停止爭吵，她們也放開了我的手臂，讓我有些遺憾，但也鬆了一口氣。

我不知道兩人對我抱有的究竟是何種感情，但是被她們爭奪的感覺原來是這樣啊。我有些困惑。

（……我是不是自我意識過剩了！）

我對於自己像是產生後宮主角般的思維感到羞恥。

不論伊織學姊和真理有多喜歡我，如何對我示好，我都已經有絢奈了……所以不要有奇怪的期待啊，佐佐木修！

當我在心中自我激勵的時候——伊織學姊看著真理，說出了這樣的話。

「對了，修同學和內田同學是怎麼認識的呢？」

我正打算回答，真理卻搶先回答了這個問題。

「我經常在休假的時候去跑步。有一次我一如往常在跑步，遇到了絢奈學姊，然後她就介紹修學長給我認識。對我這個一直埋首於社團活動的人來說，和他們兩人聊天真的很開心……嘿嘿嘿。」

「原來如此。」

聽著真理的話，我也回想起那時候的情景。

那天是一如平常的假日，我在家裡無所事事地度過。然後絢奈打了電話給我，問我能不能立刻出去見面。

於是在約好的地點，我遇到了真理。當然，第一次見面時我很緊張，對話也很生硬。

『沒事的，修同學，真理是個很好的人。』

在絢奈的幫助下，我和真理也開始交流，如今才能像這樣相處融洽。

從那時開始，我們兩個也經常在沒有絢奈的情況下見面，有時我會陪真理去跑步……當然我跟不上她的體力，總是很快就放棄了。

「不過還真巧呢。內田同學和修同學相遇是因為音無同學牽線，而我和修同學能有交流也是音無同學的功勞。」

「是這樣嗎？」

「是的。」

確實也是因為絢奈，我才得以認識伊織學姊。

在班上進行討論時，經常是由絢奈引領大家，統整意見，並將討論的結果傳達給學生會會長伊織學姊。

有一次，絢奈要我陪她去學生會室，我在那裡和伊織學姊相遇了。

（雖然本來就知道伊織學姊這個人，對她的印象是冷酷又可怕呢。）

當時我一想到就非常緊張，多虧善於與人來往的絢奈在一旁，就像和真理相處的時候一樣，我和伊織學姊也變熟了。

經過了這件事，我和伊織學姊才得以變得親近。

「這麼想的話，音無同學就是我們和修同學的邱比特呢。」

「真的耶！……不過，修學長好像完全沒發現就是了。」

我希望她們兩個不要瞪著我看。

面對不知該如何應對而招架不住的我，她們兩人同時嘆了氣。

「……真是沒用啊。」

「確實是很沒用呢。」

「我到底做了什麼啦？」

我不禁大聲地吐槽。

可能因為我的聲音有點大，她們立刻意識到自己玩笑開過頭了，馬上向我道歉……其實這件事也沒有嚴重到需要道歉。

儘管是透過絢奈才認識她們並與她們變熟，然而毫無疑問地，她們對我來說是非常重要的存在。

（我並不討厭。不如說，我非常喜歡這樣的時光。）

和絢奈、斗和一起度過的每一天，以及和伊織學姊、真理一起度過的每一天，對我來說都是非常珍貴的時光。

不過，我能感到最安心的地方還是在絢奈身邊……吧？

或許是不該這樣想著絢奈，我注意到伊織學姊和真理對我投以難以形容的眼神。

「……怎麼了？」

「沒事，我覺得音無同學真是個強大的對手。」

「就是啊。絢奈學姊太強了！」

為什麼會突然提到絢奈的名字……

我感覺她們好像看穿了我的心思，但就某方面來說，我無時無刻不想著絢奈也是不爭的事實。

正因為我們作為青梅竹馬相伴至今，她對我了解得非常透徹。

她總是在我身旁笑著，笑容是我最珍貴的寶物。

「……我喜歡絢奈。」

我以兩人聽不到的聲音如此說道。

這麼說可能會被人嘲笑，但我和絢奈可說是得到雙方家長認可的關係。至今絢奈從來沒表現出不悅的樣子，一直陪在我身邊，所以我相信我的心意一定能傳達給她……一定沒問題的。

「啊，對了，修學長！」

「怎麼了？」

「不只是音無學姊，雪代學長也很厲害呢！」

我坦然地點點頭。

我想到真理是第一次問我關於斗和的事。無論她問我什麼，只要是我知道的都會回答。

正當我這麼想著——真理接著說出的話讓我停下了動作。

「之前有個機會和他聊過，那時我有一些想問的問題沒問到。聽說雪代學長的足球非常厲害對吧？」

「哎呀，是這樣啊？」

不同於顯露出興趣的伊織學姊，我陷入內心籠罩著陰影的感覺。

對我而言，斗和是最好的朋友……雖然是摯友，但在我們之間，某種層面上足球話題是一個禁忌。

「雖然和他不同國中，但他足球很厲害的傳聞連我都聽過，我到現在還記得。只是聽說他在一次意外中受傷……然後就不再踢足球了。」

真理問我是否知道那件事的詳情，我無法立即回答。

因為那件事……不，那已經結束了。

斗和也原諒我了，都已經過去了！

『這種事情也是有可能發生的嘛。別太在意，修，你能平安無事真是太好了。』

看吧，就連回憶中的斗和也這樣說著……所以沒問題的。

即使如此，對於真理的問題，我還是選擇含糊帶過。

「其實我也不是很清楚……那對斗和來說肯定令人不甘心，我覺得最好不要追究。」

這樣對斗和肯定比較好——我如此總結。

她們兩人聽了，也就沒有深入追問，很快就換了話題。

「……呼～」

結束了斗和的話題，我發自內心鬆了口氣。

我裝作平靜地和兩人交談，心裡想著：斗和對我來說是摯友。

沒錯……斗和是我的摯友。

（但事實上……）

我對這個摯友，這個做什麼事都很傑出的摯友斗和……我嫉妒他。

他會讀書，運動也出色，朋友很多，而且和絢奈的關係也非常好。我很羨慕這樣的他。

他擁有我所沒有的一切，讓我羨慕，同時也感到嫉妒。

『……咦？』

『很遺憾，大賽沒辦法出場了，或許也很難再踢足球了。』

我偶然聽到斗和的病房裡傳來的話語。從微小的縫隙中，我看到斗和茫然的表情，心裡是這麼想的——你活該。

然而我並不是真心這麼想，那不過是嫉妒心使然。

即使如此，當我看到斗和在床上受到無情的現實重挫時，還是忍不住笑了。

（那時，我確實看著斗和，然後笑了。而且，我似乎感覺到有人在現場的氣息。）

該不會在那個時候，我笑他的表情被誰看到了吧……

第7章

（……這裡是？）

我一邊環視四周的景色，一邊喃喃自語。

偶爾會有一瞬間能意識到自己所見的景象是不是夢，但此時我憑著直覺認定這是夢。

這個全是白色的空間，讓人感受到生活氣息的房間，似乎是醫院裡的一間病房。

（……怎麼回事？這是什麼夢啊。）

我不想一直待在這裡，試著從床上爬起來。然而在那一刻，我意識到自己無法隨心所欲地行動。

我的手臂纏著繃帶，腳也被固定住吊著，腰部像是被緊緊勒著的感覺。

這場夢實在太過真實，讓我開始懷疑這是否真的是夢。

不僅是傳達到身體的外在感覺，還有一種非常真實的現實感，讓我覺得自己親身經歷了這一切。

（啊～～測試、測試。完全說不出話來啊～～！）

因為嘴巴沒辦法動，我無法發出聲音，只能像這樣在心裡說話。

不能順利移動身體，也無法說話……既然都要作夢，至少讓我夢到可以在天上飛，或是用劍和魔法痛擊敵人之類的夢吧。真是沒意思。

當我想著要是一直醒不來該怎麼辦，病房的門就打開了。

「……啊，斗和！」

進來的人是修。

他看起來比現在年幼一點。我無法說話，只能等待修開口。

看著躺在床上的我，修的表情逐漸扭曲，涕淚縱橫地開始哭泣。

「對不起……對不起，斗和！都是……都是因為我分心了，你才會……！」

對我這個只是看著的人而言，不知道修為什麼在哭。

然而不知為何，我的內心像被熾熱的怒火籠罩，而使我產生這股憤怒的人似乎是修。

當然，我對這股怒火一無所知……我原本以為如此。但不知怎地，我對於自己懷有這股怒火並不感到奇怪。

我的嘴巴自動開始講話。

「不要哭啊，修。」

我對突然開口說話的自己感到驚訝，而我只是將內心湧現的話語傳達給修。

「這種事情也是有可能發生的嘛。別太在意，修，你能平安無事真是太好了。」

『……為什麼……為什麼你要哭成那樣啊。想哭的人是我才對吧！』

除了嘴巴說出的話，我的另一個聲音猶如雙聲道般重疊。

表面上，我說著顧慮修的話不讓他擔心，其實內心被對他的強烈情緒所控制。

這無疑是斗和懷有的憤怒，而它像是與我同化，和我融為一體。

（……啊，這是……）

就這樣，我回想起來。

為什麼我躺在醫院的床上，為什麼我如此遍體鱗傷，以及為什麼我對修感到這麼憤怒。

事情很簡單——我遭遇了一場意外。

當修一邊發呆一邊走到馬路上時，我跳出來保護他，代替他遭遇了意外。

「還真頭痛啊～～身體根本動彈不得，說真的，上廁所不知道該怎麼辦才好。讓護理師幫忙實在很害羞耶。」

『為什麼……為什麼偏偏在這個時候！大賽就快要到了……我一直努力練習，希望能讓媽媽開心！』

大賽……沒錯，足球大賽就快開始了。

我們全隊一起努力拚命訓練，受到許多人支持。為了回應他們，我一直都很努力！

媽媽說會請假來為我加油！絢奈也說一定會來為我加油！

（好不舒服……情緒亂七八糟地攪和在一起……唔。）

我感覺到自己和斗和的情感亂七八糟地交織在一起，讓我感到非常不舒服。

就連這樣的喪氣話我也無法說出來，只能靜靜地面對兩種混雜在一起的情感。這時，一個應該是醫生的人走進病房。

「……雪代同學。」

醫生看起來有些難以啟齒，但還是開始清楚而緩慢地對我說：

「雪代同學，我就單刀直入說了。你手腳的骨折很嚴重，但腰部的狀況更是嚴重得多。最近的足球比賽當然無法參加，或許一年左右連運動都很困難。」

醫生的這番話輕易重擊了我的內心。

我的內心承受彷彿被刀子貫穿的衝擊，然而……我試圖保持冷靜，笑著開口：

「這樣啊……那確實是太勉強了……啊哈哈，真傷腦筋啊。」

『……………』

我已經不再聽到被強烈情緒支配的聲音。

嘴巴自己動起來，不由自主說出了話。心裡一片混亂不知如何是好，卻沒有流下眼淚。

不知道是因為斗和本身的堅強，還是受到無法接受的巨大打擊所致。

「那麼我告辭了。」

「……好的。」

醫生說著，轉身走向門口。接著宛如換班，絢奈和修的母親初音阿姨走了進來。

「你還好嗎……？」

絢奈立刻來到我身邊，握住我的手。她的眼睛紅紅的。

看到她這樣，我想大概是讓她哭慘了，也了解到自己給她帶來難以想像的擔心，所以歉疚不已。

「讓妳擔心了吧……？」

「那不是當然的嗎！看到你倒下就一動也不動，我……嗚啊～～～～～～！」

絢奈哭了出來，我用能動的手輕輕撫摸她的頭。

這麼想有點不應該，但看到她這樣為我哭泣，我感到很高興。而我希望她不要再哭了，所以努力露出微笑。

然而就在這時，傳來了初音阿姨的聲音。

「修，你和絢奈出去一下。我有事要跟他說。」

初音阿姨說完，修點點頭走到外面，絢奈卻像是要表達自己絕不會離開我身邊的決心，完全沒有移動。

初音阿姨對絢奈露出傷腦筋的表情，隨即又用一種責怪的眼神看著我。

我知道由於過去我帶著絢奈到處跑，包含初音阿姨在內的修的家人，以及絢奈的媽媽都對我沒有好印象……現在她要對我說什麼呢？我緊張地做好準備，初音阿姨便開口說了：

「如果修和絢奈當中有誰受傷了，你打算怎麼辦？真的幸好是你。」

「……咦？」

「唔！」

一瞬間，我不明白她在說什麼。

原本低著頭的絢奈也猛地抬起頭，用不可置信的眼神看著初音阿姨。

初音阿姨對著茫然的我繼續說：

「你知道嗎？你是多餘的啊。修有絢奈在身邊，絢奈也有修在身邊。就是因為你這個外來者介入，才會受到懲罰，一定是這樣的。」

「初音阿姨！妳到底在說什麼啊！」

我聽著絢奈大聲說道，一邊想著這個人到底在說什麼。

我只不過是當他們兩人的朋友，跟他們待在一起……我到底做錯了什麼？

「……啊，這樣啊。原來如此。」

「你有說什麼嗎？」

「不，沒什麼。」
原來這些人的世界裡只存在他們自己。
修與絢奈在一起的世界，就是他們所希望的世界，除此以外的事都不被容許……啊～～該死，總覺得真是可笑。
至少在我生活的世界，這幾乎是不可能會有的想法。然而在這個世界存在著這種性格有毛病的人似乎並不奇怪。
（……不知道斗和對此有什麼想法。）
雖然我和斗和的情感產生了連結，某種程度上我還是能以客觀的態度看待這個情況。而斗和聽到這番話時，心中究竟是怎麼想的？
是懷恨於心，還是單純地放棄了呢？
初音阿姨後來似乎說完了自己想說的話，離開了病房。剩下的我和絢奈彼此間的氣氛難以言喻。
「……真受不了。沒想到會被討厭到那種程度。」
「斗和同學……」
我是覺得沒必要說得那麼過分，不過斗和這個存在對他們來說，可能就是危害小天地的害蟲……儘管我一點也不想知道，還是理解了她們懷有的想法。

「…………」

我低下頭，此刻只有待在身邊的絢奈是我的心靈支柱。

我把手伸向絢奈，她立刻輕輕地用雙手握住我的手，那股溫暖讓我感到安心。

懷著這份安心，我向絢奈提出了這樣的請求。

這是平常我絕不會說的話，正因為是現在，我才能說出這樣的請求。

「……妳可以抱緊我嗎？我可以哭嗎？」

「唔……如果我可以幫上忙……」

我把臉埋在絢奈的胸前。

臉頰感受到的柔軟觸感和香氣讓我安心……絢奈的溫暖包覆著我，彷彿在治癒我的心所受到的傷。

「……該死……該死……！」

然後我哭了出來。

在絢奈的懷抱中，我就像要哭到再也無法哭泣，把所有淚水都流光般大哭了一場。

在我放聲大哭時，絢奈從未放開我。

我不知道絢奈此刻是什麼表情，但我真的感覺到她的存在拯救了我。

「……？」

就這樣過了一段時間，我終於平靜下來，想和絢奈分開，但她不肯放開我。

「絢奈？」

我呼喚她的名字，就聽到她用一種我從未聽過的冷漠聲音說道：

「這樣太奇怪了。為什麼你要經歷這樣的事情？為什麼要遭受這種對待？」

絢奈的話語沒有停下，還在繼續。

「明明最痛苦的人是你……如果我能替你承擔，我願意代替你。為什麼那些人能說出……說出那麼殘忍的話——」

「…………」

絢奈似乎也為我感到憤怒。

我認為一個人能為他人感到悲傷，是對他人所能抱持的最大的溫柔。

如果絢奈遇到了什麼事，我也同樣會為她感到憤怒吧……然而，絢奈的憤怒似乎有著不同的含意。

「那些人……咦？他們是人嗎？和我們一樣的……人嗎？不對，他們才不是人……那是……那些傢伙是——」

絢奈以毫無起伏的聲音喃喃自語。

我當然感受到她異樣的氛圍，於是稍微用力地和她分開。

絢奈或許是受到輕微的衝擊，便睜大眼睛看我，先前的氛圍已經徹底消失。

「……呼～～」

被絢奈擁抱的感覺讓我有些依依不捨，然而這明明只是一場夢，我卻已經筋疲力盡。我疲倦地把背往後靠，在床上躺了下來。

在我往後躺的時候，絢奈體貼地將手放在我背上，細心地幫助我躺下。

「妳不回去嗎？」

「我再待一會。我想明美阿姨也快來了。」

「是嗎……媽媽應該在工作啊。」

「你都發生意外了，她當然會來啊。」

「……也是啊。」

媽媽也會哭吧……她肯定會哭的。

到時候我一定要想辦法安慰媽媽，這是我必須努力做到的。

「斗和同學。」

「嗯？」

「我每天都會來看你的。我不希望你感到孤單。」

「那真是太讓人開心了，不過每天都來未免太……」

「我不管。我絕對會每天來的。」

面對絢奈堅定的決心，我微微笑了。

「那可以拜託妳嗎？我也想每天和妳說話。」

「好！」

就這樣，她終於笑了。

直到剛才都被悲傷籠罩的表情已經消失，她再次綻放一直以來展現給我看的笑容。

（……我會記得這個夢嗎？還是醒來以後就會忘記了呢？）

我不確定自己是否能記住這個接近斗和核心的夢。雖然對此有些不安，不知為何，我總覺得沒問題。

我絕不會忘記這件事。儘管毫無根據，我還是如此篤定。

這個夢讓我知曉斗和背後隱藏的過去，同時也是令我感到心碎般痛苦的夢。

「……絢奈，我——」

我想要更徹底保護她……我強烈地發誓要保護她的心靈。

▽▼

「唔……」

感受到照射在眼睛上的光芒，我醒了過來。

我的腦袋還有些迷糊，凝視天花板一下，很快就將視線轉向理應能動的手腳。

「……我全部……都記得。」

我清晰地記得在夢中看到的一切。

自己為了保護修而遭遇事故，因此放棄了比賽，還被說了無情的話。我得知了遊戲中從未被提及的事情。

聽完絢奈的過去，還有受到這個夢境的影響，總覺得我的內心越來越與斗和融為一體。

「真不可思議……不過，或許現在這樣反而更好。」

因為儘管我還保有自己的意識，但我對於以雪代斗和的身分在這個世界生活的渴望變得更加強烈了。

一部分也因為我逐漸接近斗和這個存在，確實萌生出對修和他的家人的恨意。不過由於我仍保有自己的意識，便沒有到無法忍受的地步。

「……而且，斗和似乎也並不那麼懷恨在心。」

那場意外對斗和肯定是個痛苦的經歷，然而我知道他也確實為修平安無事感到高興。

結果斗和始終都是如此溫柔，並且一直在迷茫中徘徊。

不過，我也一樣迷惘，無法完全接受自己轉生到這個世界，也沒有真正發自內心想關注絢奈他們的事。

「夢是夢，現實是現實……我……和絢奈做了啊。」

昨天的事我記憶猶新。

我在聽完絢奈訴說過去後，對她產生了極為強烈的渴望，於是我們發生了關係。

在與絢奈身體交疊時，我也回想起初體驗的情景，同時證實了斗和與絢奈確實已經有過關係。

「……絢奈的身體真柔軟。而且……真的好可愛。」

回想性事並沉浸在餘韻當中，某方面來說或許是青春期才會有的吧。

媽媽在夜晚之前就回來了。在那之前，我們互相渴求彼此直到最後一刻。我們與媽媽三人一起吃過晚餐後，我送她回家。

分開的時候，絢奈依依不捨的樣子惹人憐愛，我也很捨不得放開她的手。

「嘿咻！」

我站起來，凝視著鏡子。

看著一如往常的帥氣臉龐，我懷疑這是否真的是自己的臉。不過也覺得自己剛睡醒的臉挺可愛的。

「……斗和，你也有這樣的心情嗎？才會以那種方式奪走絢奈嗎？」

到了這個地步，我也覺得使用「奪走」這樣的說法可能並不適合。

無論如何，包含與絢奈相處的方式，我的想法已經改變了。更重要的是，我希望今後也能一直陪在絢奈身邊。

然而，我自然也產生了新的疑問。

『我……不能沒有斗和。如果斗和不在了……我也活不下去了。』

事後，她在我懷裡說出這樣的話。

顯現出絢奈的狀態非常不穩定，她確實會因為我消失而崩潰。

由此能切身理解到對她來說，我不僅是她的支柱，還是極為重要的存在……但是坦白說，絢奈那種狀態是不正常的。

或許她以前口中所說的主人，代表著斗和在她心中是那種程度的重要存在。

『我將會奪走一切。』

「唔！」

突然一陣劇烈的頭痛襲來，我跪在地上。

然而，這次頭痛也像平常一樣只持續了一瞬間，我很快就能站起來。

「……剛才那個聲音是絢奈嗎？」

我剛才聽到的確實與絢奈的聲音非常相似。

但相較於絢奈的聲音，那個聲音低得多，也更加冰冷，是彷彿能拋棄一切的無情嗓音。

我不禁心想「不可能吧」而笑出來。

「絢奈不會發出那樣的聲音吧。我到底在想什麼。」

絢奈不會用那種聲音說話吧。我這麼想著，走向為我準備早餐的媽媽。

我走到客廳，早餐似乎剛好準備好了，我和正在折圍裙的媽媽對到眼。

「早安，斗和。」

「早安，媽媽。」

我和媽媽互道早安後，坐到椅子上開始吃早餐。

雖然早餐並不是多講究，但不管哪道菜，我都能感受到飽含媽媽的愛，所以在覺得食物美味的瞬間，我感到非常幸福。

「看你吃得這麼津津有味，我很高興呢。」

「因為真的很好吃啊。謝謝媽媽。」

我這樣說著，媽媽著實開心地笑了。

幾個星期前，我剛變成斗和的時候，各方面確實有些慌亂，但現在都很平順。

無論是什麼話題都沒有異樣的感覺，一切變得平常。

「……好好吃啊。」

我坦率地說著感想，將熱騰騰的味噌湯吹涼的時候，注意到媽媽一直在看我。

「怎麼了？」

「沒什麼，只是覺得你真的打起精神了呢。」

「……是嗎？」

我不太理解「幸好打起精神了」這句話的意思，不過媽媽繼續說：

「那次意外之後，你有一段時間很沒精神不是嗎？雖然在我面前表現得很堅強，其實我完全看得出來啊。」

「……是嗎，這麼明顯？」

「嗯。」

「不用想就回答喔。」

看著媽媽笑得肩膀顫抖，我有一種奇妙的感覺。

因為自己該說什麼、該傳達什麼，這些都自然而然化成言語，流露出來。

「不過你變得這麼開朗，都是多虧絢奈經常來家裡，我真的很感謝她。昨天也好好放閃了一下不是吧？」

「唔……那個是……」

晚餐時，絢奈好幾次餵我吃飯。看到那一幕的媽媽一直笑著，但我當然感到很害羞。

我深切體會到在那種時候，身為男性有多麼無地自處。

「我吃飽了。」

「招待不周。」

當我要回房間準備上學，媽媽突然叫住我。

我回過頭，看見媽媽臉上浮現不同於往常的認真表情，對我說出這樣的話。

「絢奈真的是個好女孩，有時候我都會忘記她還是個高中生呢。不過不知為何，我總感覺她好像揹負著什麼。所以，你務必要好好照顧她。」

「……我知道。沒問題的。」

就算媽媽沒說，我也是這麼打算的——我用力點頭。

媽媽對我的回答滿意地點點頭，準備去洗碗的時候，低聲說了讓我忍不住反問的話。

「回想起來，以前絢奈跟我說在醫院發生的事情，我當時一度忍不住想帶著球棒衝去揍人呢～～」

「妳沒動手吧？」

我非常清楚媽媽愛子心切，但我相信她不會做到那種地步，所以並不擔心——

「當然沒有啊。我只是瞞著你請絢奈幫我牽線，去和對方說了『聽說妳對我家兒子說了些莫名其妙的話吧？掐死妳喔死老太婆』這樣的話～～♪」

「妳在幹什麼啦！」

「抱歉啦抱歉～～♪哎呀～～太妹時期的習慣跑出來了嘛。」

「…………………」

太妹時期是什麼啊？媽媽以前是太妹嗎？

我在家裡尋找各種情報以掌握現況的時候，看到媽媽以前的照片，確實覺得打扮得很花俏……該不會偶爾會來拜訪媽媽的女人是媽媽的小妹之類的？

「媽媽果然非常有活力啊……」

哪天有機會，我要好好聽她講過去的事情。

接著我做好準備出門。重新意識到自己與絢奈的關係後，生活方式並沒有太大的變化。

即使如此……即使如此，我還是打算按照自己的想法行動。

「因為還有些事情讓我很在意啊。」

斗和隱藏的過去、絢奈隱瞞的情感，以及被揭開的我們之間的關係……到這裡為止我都理解，卻仍有一種快想起什麼卻又想不起來的奇怪感覺。

『……真無情啊。絢奈真是不得了。』

「咦？」

我好像突然聽到了某個聲音。

那個聲音讓我產生懷念的感覺，但後來聲音就沒再出現了。

「事到如今，也沒辦法當作只是錯覺帶過呢。」

即使是一點小事，也可能與這個世界有關。

更重要的是，那也很有可能喚醒我內心被封閉的記憶……所以我認為盡可能關注各種事情很重要。

我前往老地方會合，兩人已經在那裡等著了。

「早安，斗和。」

「早安，斗和同學。」

「嗯，早安，修，還有絢奈。」

即使昨天發生了那樣的事情，絢奈還是表現得一如往常。

而我也表現得很平常，但由於心態已經改變，我想有些事應該會有很大的變化。

尤其我有強烈的預感，我們三個人的關係將會發生巨大的變化。

▼▽

逼迫……逼迫……

折磨……折磨……

接著，在最後奪走最重要的東西……這麼一來，就只能陷入絕望了吧？

我絕對不會忘記，你們說過的話。

我絕對不會忘記，他流下的淚水。

所以，【我將會奪走一切】。

▼▽

「……這是什麼啊？」

男子收到寄來的遊戲外傳光碟後，立刻開始玩。他歪著頭疑惑地咕噥。

當他安裝並啟動遊戲時，前面的文字像是開場動畫一樣出現又消失。

現在出現了標題畫面，感覺有點寂寥，卻播放著一首空靈的曲子，畫面中出現了穿著黑色斗篷的絢奈。

「開頭和前作完全不同耶。」

前作的開頭會隨機出現女角伴隨著喧鬧的音樂朗讀遊戲標題，這次卻沒有她們的聲音。

男子恢復鎮定，點選了「新遊戲」開始遊戲。

「…………………」

男子沒有休息，一口氣玩完了遊戲外傳的內容。

然後他茫然盯著播放的結局畫面，吐了一口氣，沉沉地靠在椅背上並開口：

「……真無情啊。絢奈真是不得了。」

最終他只能擠出這段話。

這部作品在網路上獲得了許多高評價。原本非常猶豫要不要買這個ＮＴＲ遊戲的外傳，結果玩完心情果然很複雜。

然而，實際玩過的感想完全包含在剛才男子所說的那段話裡。

「一般來說沒有這種情色遊戲吧。而且，誰能猜到這種情節啊？」

《我被奪走了一切》的遊戲外傳——是以未在本篇中描寫的絢奈為主軸的故事，關於絢奈對使自己所愛的斗和絕望的人們展開復仇。

設定為被睡走的女角們——學姊與學妹、妹妹與媽媽，她們被睡走的事件全都與絢奈有關，遊戲中也詳細說明了絢奈引導她們與修認識及之後關係發展，讓男子感到非常驚訝。

絢奈在憎恨的驅使下展現出的樣子令人震撼，在本篇中絕對無法想像。而在斗和面前，她總是帶著笑容，非常可愛。

『我喜歡斗和同學……最喜歡你了。』

兩人不僅背著修偷偷親熱，還增加了許多濃烈的場景，使得本篇中只有一次的性愛場面就像騙人的一樣。

當然，絢奈那種樣子只在斗和面前展現，享受著幸福和愉悅的淫蕩模樣，真的就像是斗和的特權。

「對絢奈來說，斗和就是那麼特別啊……原來如此，才會說是純愛啊。」

男子現在終於理解那則說「這不是ＮＴＲ，而是純愛」的感想代表的意思。

「話說回來，絢奈講話惡毒的樣子真讓人印象深刻啊。」

男子知道了絢奈隱藏的本性，因而笑了出來。這款遊戲外傳以絢奈的視角為主，所以玩家能充分了解她的心聲。

絢奈遇到令她不悅的事，儘管頻率並不高，但在她直接表露情緒時，講話確實很難聽。

「比如說這個場景……」

男子回顧在意的場景，立刻響起絢奈的聲音。

『開什麼玩笑啊那個混帳女人！竟敢打擾我和斗和同學共處的時間！』

這是絢奈情緒激動的場面。

遊戲外傳內容也補全了本篇的故事，所以連結起各種場景的部分讓男子心動又興奮。

順帶一提，這個絢奈講話惡毒的瞬間，是她和斗和一起回家時恰巧遇到琴音並被對方囉嗦了一段話之後的橋段。

「原本以為絢奈使用敬語是為了與修和他的家人保持距離，不過當她裝出有禮貌的樣子時，其實也受到了壓抑啊。」

遊戲中解釋了絢奈為什麼會使用敬語，而她抑壓的情感以惡毒的說話方式釋放，也是有趣的設定，讓人留下深刻的印象。

男子從本篇開始就喜歡絢奈，在玩過這款外傳後，說他變得更喜歡絢奈一點也不為過。

「……哦，居然有這種東西啊。」

男子上網本想在網路上留下對遊戲外傳的感想，結果在官方網站發現開發者的評論。

雖然平時對這種東西不怎麼感興趣，因為是製作這款遊戲的人寫的，男子感到好奇，於是點進頁面，然後大吃一驚。

『或許所有玩過這款遊戲的人對修以及他的家人都抱有厭惡之情。坦白說，我們也認為有幾個場景可能做得有些過分，但正是為了詳細表現出絢奈的瘋狂，才會那樣安排。學姊和學妹非常可憐，工作人員對此反省了。那麼，大家玩過第二次了嗎？第二次的結局會有一點變化喔！』

這就是開發者的評論。

「什麼！」

這段文字對男子猶如青天霹靂。

他保留那個網頁，重新啟動遊戲，利用跳過功能直接跳到結局。

「是來到結局了，但是……應該一樣吧？」

跑過製作人員名單的畫面沒有特別的變化，斗和與絢奈手牽著手，一起朝著光走去的畫面也沒有改變。

「……哦？」

然而，這兩人幸福的畫面開始有了改變。

絢奈的身影消失，只剩下斗和，然後斗和的身影也消失了。畫面上浮現這樣的句子：

『絢奈在我懷中，一直笑著。看著那樣的笑容，連我也能變得幸福。但是……這樣真的好嗎？』

那段話消失，然後又出現其他文字。

『她為了我行動。然而真正摧毀她心靈的……卻是什麼都沒發現的我。將那個溫柔的她從我身邊奪走的……或許也是我自己。』

隨著這句話迎來了真正的結局，遊戲結束。

男子一度感到茫然，但很快回過神來，視線再次回到開發者的評論欄。

『在本篇中，斗和實際上不知道絢奈所做的事情。所以可以將這理解為若斗和在事後發現真相會如何，是工作人員覺得有趣而加入的小彩蛋。簡單來說，想要表達的是絢奈已經壞掉了，無法阻止她的行為。遊戲到這裡就結束了……嗯。我想如果遊戲中存在一個不是斗和也不是絢奈，而是擁有更特殊視角的存在，他們兩人也許會有更幸福的結局。因為復仇雖然可以帶來短暫的成就感，隨之而來的卻只是空虛。不過無論是哪種形式，對修來說，這個結局都充滿苦澀吧（笑）。』

開發者的評論做了這樣的結論。

「擁有特殊視角的第三者……嗎？」

男子小聲咕噥，心裡思索著。

表面上是斗和與絢奈的幸福結局，根本來說什麼都沒有解決。絢奈仍然破碎不堪，是這樣一個苦澀的結局。

外傳所講述的故事不只是關於絢奈，也關乎斗和。他是真心愛著絢奈。

「……肯定無法原諒吧，如果斗和知道了絢奈的事。」

肯定無法原諒吧——男子點頭說道。

男子對斗和的印象產生了巨大變化。他就只是個單純愛著絢奈、心地善良的少年。

然而，斗和直到最後仍然沒有意識到——絢奈一直被囚禁於過去與仇恨之中。

「要是能有什麼契機就好了……」

沒錯，如果能有個契機，斗和跟絢奈一定可以走向真正的幸福。

如果斗和能接受他所處的環境，並且有一個事件能讓斗和帶著絢奈跨越悲傷與憎恨，一定可以……

「啊哈哈，就算我去想這種事也沒用啊。」

這個遊戲已經結束，無論我怎樣想像都沒有意義。

不過，正因為男子對角色們產生了情感共鳴，才會幻想著也許能實現那樣的世界。

「……嗯？」

男子像是注意到了什麼，端詳著電腦螢幕，但沒有發生什麼特別的事。

他感到有點奇怪，歪著頭離開房間。就在這時，電腦螢幕亮起了詭異的光。

第8章

『斗和同學你為什麼一直持續踢足球呢？』

我有一次突然感到在意而對斗和同學提出這個問題。

因為斗和同學從小學畢業升上國中，都還是一直在踢足球，讓我感到好奇。

我當然知道他喜歡足球一部分純粹是因為踢足球很開心，不過我總覺得一定還有其他更大的理由。

『為什麼持續踢嗎……因為喜歡？』

『也是呢～～』

這個答案太簡單了，但確實如此，我也接受這個回答。

不過還有其他更重大的理由存在。因為至今我都看著斗和同學，我能明白。

我靜靜凝視著斗和同學。或許因為這樣，他也放棄了。他輕輕呼出一口氣，繼續說：

『那個……媽媽算是一個理由。』

『明美阿姨嗎？』

明美，是斗和同學媽媽的名字。

我只在和修同學一起去斗和同學家玩的時候稍微和她聊過，但是因為經常在看足球比賽的時候遇到，自然而然有種意氣相投的感覺。

明美阿姨看起來很年輕，完全不像有個念國中的兒子。一開始她給我時髦又有點可怕的印象，不過交談過後，我就發現她只是一個超級疼愛斗和同學的傻媽媽。

『斗和！這時候要用腳跟挑球過人！』

『這可不是漫畫，才不會那麼順利好不好！』

明美阿姨非常活潑，我很喜歡和她聊天。

也許這樣說有點不孝，但我不只一次想過，如果我有這樣的媽媽該有多好。

明美阿姨真的是很棒的女性，我希望自己將來也能成為像她這樣既溫柔又堅強的人。

『那個……希望妳把這件事留在心裡就好。我覺得很害羞，所以不要告訴我媽。』

『我明白了。』

斗和同學搔著臉頰，顯得有點欲言又止。

從他的表情看來，應該是在為即將告訴我的事感到害羞。那究竟是什麼樣的理由呢？

我靜靜地等待，斗和同學開始慢慢說道：

『妳應該也知道我們家沒有父親……因為以前的一起事故。』

『啊……』

我從未仔細了解過斗和同學的家庭情況，因為從未見過他的父親，一直覺得應該是有什麼理由。

斗和同學和明美阿姨也從來沒有談論過爸爸的事，察覺到的我於是也沒問過……原來如此，斗和同學的爸爸因為意外去世了。

『對不起。』

開啟這個話題是興趣使然，但我仍對於讓他提及這件事感到抱歉。

我低下頭道歉，斗和同學摸摸我的頭，告訴我不用在意。然而，提起話題的我還是覺得很不好意思。

『我繼續說嘍。媽媽真的非常喜歡爸爸，所以那時當然陷入了極為低落的狀態。不過由於還要照顧我，她很快就振作起來了……我真的認為她是一個非常堅強的媽媽。然而我常常看到她有時因為想起爸爸，夜裡在佛壇前哭泣。』

斗和同學似乎回憶著當時的情景，看起來很難受。

我想告訴他不需要繼續講下去，不需要去回想痛苦的往事，但我還是想更了解他。

『媽媽確實振作起來了，但笑容減少也是不可否認的事實。我看著努力裝堅強的媽媽，感到非常心疼。』

我所認識的明美阿姨經常掛著美麗的笑容。

不管怎麼看都不覺得她的笑容有減少，不過直覺告訴我，接下來要說的可能是明美阿姨再次展露笑容的原因。

『當時，我恰巧對足球產生了興趣，於是加入了社團，開始練習並參加比賽……然後，來為我加油的媽媽開始越來越常對我露出笑容，甚至恢復到與爸爸在的時候差不多，媽媽找回了笑容。』

『……該不會就是因為這樣……』

斗和同學點了頭。

『或許不一定非要足球不可，但只要媽媽看到我努力的樣子就會笑著鼓勵我，作為兒子的我就想繼續下去吧？過程中，我也對足球本身產生了極大的興趣，算是雙贏吧。』

『……原來如此。』

我從未試圖為家人做些什麼，甚至可以斷言這種情況今後也絕不會發生。

即使我無法從家人這個存在找到價值，還是覺得斗和同學為了媽媽努力的模樣非常值得敬佩又帥氣。

『所以就……那個……也因為這個原因啦。』

斗和同學似乎覺得講這個很不好意思，講完後臉才紅了起來，看起來很害羞。然而，這樣的斗和同學非常可愛。看著他，我的心跳也開始加速。

那天，斗和同學將我的世界拓展開來。

之後經過了很長的時間，我越來越了解斗和同學。然後在今天，我又得知了過去不知道的關於他的事情。

『怎麼了？妳臉好紅……』

『呵呵，是啊。因為我又更了解你很棒的地方了。』

好害羞……真的很害羞，但我已經無法否認。

我喜歡斗和同學，喜歡得無法自拔。

或許從我們初次相遇那天，我就喜歡上他了。不過我打算暫時將這份感情埋藏在心中。

現在是斗和同學非常重要的時期，我只要在他身邊支持他就好。

『對了，妳為什麼最近都用敬語啊？』

『啊～～那是因為──』

就如斗和同學所說，最近我主要都使用敬語。

原因很單純，敬語就像是與家人之間設立的防護牆。即使是家人，只要用敬語對話，就能把對方視為外人。

我對斗和同學一樣固定使用敬語。要的話也可以改掉，但已經習慣了，暫時還是會維持這樣吧。

『……這就是理由吧。』

然而，斗和同學很溫柔，我不可能對他坦白是為了和家人保持距離，所以儘管有些抱歉，我還是找了個合理的藉口。

斗和同學聽完，突然豎起大拇指這麼說：

『或許有各種原因，但我認為使用敬語的女生很不錯。』

面對突然莫名帥氣地這麼說的斗和同學，我發自內心笑了出來。

果然只要和斗和同學在一起，就能讓我覺得自己的煩惱都變得微不足道，真是神奇。

這並不是指我的抗拒很微小，而是在斗和同學身旁讓我很快樂，快樂得可以不再在乎那些事。

『就快到了……對吧。斗和同學，加油。』

然後時光流轉，斗和同學辛勤努力的日子終於迎來回報的時刻。

我在能力範圍內支持斗和同學，而斗和同學也拚命努力，為了讓我和明美阿姨開心。

仍是國中生的斗和同學懷著想看到明美阿姨的笑容這樣可貴的心情努力著，他的付出肯定能得到回報。

『修！』

『……咦？』

但是……命運實在太殘酷了。

『……斗和……同學？』

他多年的努力和心意在一瞬間就被奪走了。

看著失去意識倒在地上的斗和同學，我的臉色變得蒼白，甚至懷疑自己是否還活著。如果他不在了……想到這裡，真的讓我感到恐懼。

『……斗和同學！』

儘管如此，至少避免了最糟糕的情況。

然而，那一天我深刻體會到人性的醜惡。

『你知道嗎？你是多餘的啊。修有絢奈在身邊，絢奈也有修在身邊。就是因為你這個外來者介入，才會受到懲罰，一定是這樣的。』

修同學的母親……那個髒東西居然說出這種話。

『我只要哥哥和絢奈姊姊就夠了啦。我不喜歡有那種傢伙在。』

吵死了，閉嘴，妳才給我消失。

『斗和不能參加比賽……哈哈。』

你為什麼在笑啊！明明就是因為你，斗和同學才會遭遇意外吧！

『從那時起我就覺得他是個討厭的孩子啊。有那種母親，家教不好也是理所當然吧。』

光是想到我和她流著一樣的血，我就覺得噁心。

我因為想吐而把手放在胸口時，發現有點濕，我意識到那是斗和同學流下的眼淚。

斗和同學不過是為了明美阿姨的笑容而努力，珍貴的心意被那些話語輕易踐踏。那一句句，讓我內心的某種情感改變了。

『那些人不是，那些人……那些人！』

對我來說，他們已經不是人類。

『唔……好痛……』

看著努力復健想讓身體可以活動的斗和同學，我就感到心痛。

斗和同學因為自己的事應該已經夠忙了，但他還是關心著我。他果然很溫柔，讓我很開心……但是，為他的溫柔感到開心的我真是太可恥了。

然後我聽到了。

『我……喜歡絢奈。所以，希望你支持我。對我來說你是好朋友，所以想第一時間告訴你。』

當我像往常一樣去探望斗和同學，修同學對他說出這番話的瞬間正好被我聽見了。

我立刻躲起來。在我聽到那段話時，修同學看著斗和同學受傷的模樣而笑出來的表情，鮮明地浮現在我腦中。

『……開什麼玩笑……開什麼玩笑、開什麼玩笑、開什麼玩笑！』

這一家人，這些傢伙，到底要讓我多不舒服才滿意啊。

原本打算不去理會的心開始被憎恨……逐漸染黑。

▽▼

『不可原諒。我不會原諒那些傢伙。』

這是我第一次如此強烈地憎恨別人。

我絕不原諒那些傷害我最喜歡的人的傢伙，我會否定那些傢伙期望的世界。

回到家後，我拿起斗和同學和修同學的照片……用筆把修同學的臉徹底塗黑。

『還有這個……這個、這個……還有這個！』

不只是修同學，也包括他的家人……雖然有點猶豫，有媽媽出現的照片我也處理掉了。

在這個黑暗的房間裡，我下定決心——絕對要讓那些人後悔。

他們傷害了我最喜歡的人，我要以幾十倍……不對，是幾百倍的報復來回敬他們。

『唯有這樣……我一定要把他們的人生搞得一團糟。』

這件事我不能告訴斗和同學，因為他實在太溫柔了。

『做好覺悟吧……我一定會讓你們感到絕望。』

我要用盡全力讓他們感到絕望。

修同學，如果你這麼想要我，就做好覺悟吧。我不但絕對不會成為你的人，相反地，我還要利用你對我的感情，讓你陷入悲傷的深淵。

在那之前，我會給你一切——給你幸福和喜悅。

但是你知道之後會發生什麼事吧？

『我將會奪走一切。』

這是我下的決心，我準備好一切，讓他們陷入毀滅的劇本就要開始了。

儘管如此，我也不是只被恨意驅動著度過每一天。

『斗和同學！』

『絢奈，發生什麼事了？』

我發自內心享受著與斗和同學共度的平凡日常，以及他出院康復後的日子。

住院的時間拉得有點長，出院也被告知最好不要運動，所以斗和同學自然而然不再踢足球了。

這讓人很遺憾，也有跟明美阿姨聊過這件事。

『斗和同學，你有什麼希望我做的事情嗎？為了你，我什麼都願意做喔。』

『……我……』

如果說有必須向斗和同學道歉的事，那就是我稍微利用了他的悲傷吧。

斗和同學打起精神，為了讓我和明美阿姨放心。然而我經常看到他不經意流露出無精打采的樣子。

正因如此，我希望心靈脆弱的斗和同學能依賴我，於是我用最淺顯易懂的方式來追求他的心。

『為什麼……為什麼妳不抗拒？』

『因為沒有必要。這是我所期望的。』

我無法想像自己會抗拒與斗和同學發生關係。

即使自認是個壞女人，與斗和同學發生關係時，我依然沉浸在短暫的幸福中，得以忘記一切。

『……絢奈……』

睡在我胸口的斗和同學非常可愛。說得更詳細一點，我甚至會把臉貼在他的頭上聞他的氣味。

『嘶……哈～～♪』

我的表情要是被斗和同學看見，他應該會嚇到。不過基本上，當女生和喜歡的人在一起時，就是這種感覺。因此對斗和同學的氣味感到興奮的自己反而讓我覺得驕傲。

『斗和同學，請把一切交給我，好嗎？對你說了過分的話的那些人，我會全部清除掉。利用一切手段，一定……』

『……絢奈……』

『……不過，我還是先暫時好好享受他這張睡臉吧……呵呵～～♪」

這或許挺糟糕的。

現在的我肯定露出非常不得了的表情……但唯一能確定的是，現在的我很幸福。

『…………』

不過，同時我也有種某個東西從心中滑落的感覺。

已經沒有期望的事，也沒有夢想。即使如此，有時候我還是會在夢中看到或許會發生的未來。

『我說修同學！還有斗和同學！』

『糟糕！要逃嘍，修！』

『嗯！快逃吧，斗和！』

『等一下啦～～～～～～～！』

如果有一個沒有憎恨也沒有悲傷的未來，我會希望那樣嗎？

這個答案無論過了多久都沒有浮現出來。

▽▼

「欸，絢奈，到學校可以借我看一下作業嗎？」

「又來了嗎？你也該記得要自己做功課了吧～～？」

就快到學校的時候，我一直從後面看著他們兩人。

剛剛也想過，明明昨天發生了那樣的事情，絢奈卻一如往常和我說話，跟修也很正常地交談。

（……感覺稍微放心了。）

說實話，這樣的她讓我安心了一點。

我的心態確實有了變化，我已經決定接受轉生的事實，並做好繼續活下去的覺悟。

但我也的確還是有點緊張。

「我會去做我做得到的事，為了能真正作為自己邁出步伐。」

為此，我必定得想起那個快要想起的事情。

因為那肯定是跟我對這個世界抱持的疑問有關的核心。

「斗和同學。」

「嗯？修呢？」

可能因為我一直在沉思，在絢奈叫我之前，我都在恍神。

身邊只有絢奈，沒看到修的身影，不知道他去哪了。當我想著要找他時，正好看到他被伊織逮住並帶走的瞬間。

「他被帶走了。」

「看來是呢……」

他對我們投以求救的眼神，但絢奈只是揮揮手，和被帶走的修道別。

我和絢奈混在其他同學之中，隨著人潮一同走著。

在這樣的情況下，絢奈輕聲低語。

「昨天真是太棒了呢，主人大人♪」

「唔……」

修離開的瞬間，絢奈立刻散發出妖艷的氣息，對我耳語。

儘管附近的學生絕對聽不到，我的耳朵卻清晰地聽見她說的話，讓我心跳加速不已。

「斗和同學，你感覺如何？我的身體有讓你滿足嗎？」

絢奈的表情就像被染指女孩的姦夫改變了的少女，跟平常的凜然和美麗相去甚遠。

儘管如此，散發出撩人氣息的表情也很適合她，不知道是因為她是情色遊戲的女主角，或者單純是她具備色情的一面……不管怎麼樣，這也是絢奈的魅力吧。我露出苦笑。

「這個嘛，太棒了……而且妳超可愛的。」

「……謝謝。」

絢奈紅著臉露出笑容。

「…………」

我陶醉地看著如此可愛的絢奈的側臉。不過看到她的模樣，我不禁想到有很多事需要思考。

目前我和絢奈之間只是半吊子的關係。

而對現在的關係感到滿足的我，也不過是個半吊子。

（……我想起了很多，也明白了很多事。我隱約感覺到絢奈有著某些困擾。正因如此，我希望能想辦法幫助她。）

我想這肯定是我非做不可的事。

絕不是出於義務，也不是強迫自己這麼認為……不論作為斗和還是我自己，我都要達到一個能讓自己滿意的結果。

我要找到來到這個世界的意義，並且不後悔在這個世界所做的一切。

「絢奈。」

「什麼事？」

「……啊～～那個，今後也多多指教啊。」

「呵呵，斗和同學真奇怪。好的！請多關照♪」

……不過看著她可愛的笑容，我還是忍不住心跳加速，移開了視線。

我有種不好的預感，好像會發生很多嚴重的事情。更進一步來說，甚至可能了解到這個世界背後隱藏的黑暗面。

即使如此，我還是不會放棄。我對她的笑容如此發誓。

（我一定會抓住美好的未來。這就是我的目標。）

不論等著我的是什麼樣的結局，不論這個世界能否逃離遊戲的命運，我都一定會付諸行動，得到能讓自己滿意的結局。

後記

因為必須有後記，我就寫了。

大家好，我以みょん這個名字進行創作——名字並沒有特別的意義，只是我第一次想開始創作活動時隨意想到的名字。

我沒有特別想寫的東西，就寫一些對作品的想法。

這部作品不折不扣是我第一部原創作品。

起初是投稿另一個比賽，但只通過了初賽而放棄。然而當我參加カクヨム比賽——這部作品和另一部作品奇蹟般同時得獎了。

聽到獲獎消息時，我還茫然以為自己在作夢，但這並不是夢，所以我非常高興。

之後是書籍化的工作……我原本很不安，然而正是編輯的存在讓擔憂變成多餘的。

當然，不僅是編輯，也非常感謝這次承蒙繪製美麗插畫的插畫家千種みのり老師！

我深刻感受到這部作品的完成不是憑一己之力，毫無疑問是藉助了編輯、插畫家以及許多人的幫助才得以完成。

原本就很喜歡自己創造出的角色們，這次能獲得更加喜歡他們的機會，真是不勝感激！

感謝，感謝！非常感謝。

還有，也謝謝所有拿起這本書的讀者。

謝謝大家！

©Misaki Saginomiya 2022 / KADOKAWA CORPORATION

三角的距離無限趨近零 1~8 待續

Kadokawa Fantastic Novels

作者：岬鷺宮　插畫：Hiten

我愛上的那個女孩體內住著兩個靈魂——
與雙重人格少女譜出的三角戀愛故事。

雙重人格即將結束，意味著「秋玻」與「春珂」其中一方會消失。我和快要喪失界限的兩人一起踏上旅程，前去找尋讓她變成這樣的原因。在旅程的終點，我們得知雙重人格的真相是——還有，我們找到的「答案」究竟是——三角關係戀愛故事堂堂完結。

各 **NT$200~220/HK$67~73**

©Muku Shirai, Minori Chigusa 2022 / KADOKAWA CORPORATION

其實是繼妹。
～總覺得剛來的繼弟很黏我～ 1~4 待續

Kadokawa Fantastic Novels

作者：白井ムク　插畫：千種みのり

「——我想當只屬於老哥的妹妹。」
聖誕節當前，麻煩的問題卻接二連三出現！

真嶋家在家族旅行之後，關係變得更緊密，如今聖誕節即將到來。面對我們兩人一起度過的「特別夜晚」，我和晶都止不住心中的期待！然而，我們還要面對晶的志願問題！另一方面，光惺和陽向也是狀況連連。安穩、平和的聖夜，到底會不會到來呢？

各 **NT$260~270/HK$87~90**

國家圖書館出版品預行編目資料

轉生為睡走情色遊戲女主角的男人,但我絕不會幹這種事; 陳思朵譯. -- 初版. -- 臺北市 : 臺灣角川股份有限公司, 2023.12-
冊 ;　公分. -- (Kadokawa fantastic novels)

譯自 : エロゲのヒロインを寝取る男に転生したが、俺は絶対に寝取らない
ISBN978-626-378-290-7(第1冊 : 平裝)

861.57　　112017362

Kadokawa
Fantastic
Novels

轉生為睡走情色遊戲女主角的男人，但我絕不會幹這種事 1

（原著名：エロゲのヒロインを寝取る男に転生したが、俺は絶対に寝取らない）

2023年12月21日　初版第1刷發行

作　者：みょん
插　畫：千種みのり
譯　者：陳思朵

發行人：岩崎剛人
總編輯：蔡佩芬
編　輯：孫千棻
美術設計：郭虹吟
印　務：李明修（主任）、張加恩（主任）、張凱棋

發行所：台灣角川股份有限公司
地　址：104台北市中山區松江路223號3樓
電　話：（02）2515-3000
傳　真：（02）2515-0033
網　址：www.kadokawa.com.tw
劃撥帳戶：台灣角川股份有限公司
劃撥帳號：19487412
法律顧問：有澤法律事務所
製　版：巨茂科技印刷有限公司
ISBN：978-626-378-290-7

※版權所有，未經許可，不許轉載。
※本書如有破損、裝訂錯誤，請持購買憑證回原購買處或連同憑證寄回出版社更換。

EROGE NO HEROINE O NETORU OTOKO NI TENSEI SHITAGA, ORE WA ZETTAI NI NETORANAI Vol.1
©Myon, Minori Chigusa 2023
First published in Japan in 2023 by KADOKAWA CORPORATION, Tokyo.
Complex Chinese translation rights arranged with KADOKAWA CORPORATION, Tokyo.